许爱珠 著

守望中的裂变

贾平凹长篇小说创作论

知识产权出版社
全国百佳图书出版单位
—北京—

图书在版编目（CIP）数据

守望中的裂变：贾平凹长篇小说创作论/许爱珠著. —北京：知识产权出版社，2020.12

ISBN 978 -7 -5130 -7319 -6

Ⅰ.①守… Ⅱ.①许… Ⅲ.①贾平凹—长篇小说—小说创作—文学创作研究 Ⅳ.①I207.42

中国版本图书馆 CIP 数据核字（2020）第 229409 号

内容提要

贾平凹的长篇小说创作是有规律可循的，一方面他紧盯社会变革进程中的重大文化冲突，不间断思考变迁中的社会生活热点，对现实保持清醒的现代性批判精神；另一方面他又主动浸染中国传统文化，从文化哲学到民俗宗教，从形而上到形而下。他认真学习和践行西方现代主义文学艺术创作技巧，自觉学习吸收中国传统小说和现代乡土小说的精髓，形成了其民族化小说艺术风格的鲜明特点。本书对贾平凹公开出版的十五部长篇小说展开个性化的深度解读，探讨作家转型前后的整体创作规律，论证作家创作思想冲突裂变的具体过程及其特点。作者尝试梳理贾平凹与中国古典文学、现代文学之间的继承与创新，并指出其创作的局限性。

责任编辑：冯　彤　　**责任校对**：王　岩
封面设计：张革立　　**责任印制**：孙婷婷

守望中的裂变
贾平凹长篇小说创作论
许爱珠　著

出版发行：知识产权出版社有限责任公司　**网　址**：http：//www.ipph.cn
社　址：北京市海淀区气象路 50 号院　**邮　编**：100081
责编电话：010 -82000860 转 8386　**责编邮箱**：fengtong@cnipr.com
发行电话：010 -82000860 转 8101/8102　**发行传真**：010 -82000893/82005070/82000270
印　刷：北京建宏印刷有限公司　**经　销**：各大网上书店、新华书店及相关专业书店
开　本：880mm×1230mm　1/32　**印　张**：7.625
版　次：2020 年 12 月第 1 版　**印　次**：2020 年 12 月第 1 次印刷
字　数：184 千字　**定　价**：48.00 元
ISBN 978 -7 -5130 -7319 -6

目 录

绪 论

中国当代文学发展到今天，当我们以世界性的眼光回眸其辉煌时，会发现有两个与贾平凹有关的直观现象进入我们的视线。

其一是，贾平凹的小说比同时代作家的作品具有更鲜明的乡土意识和民族特色，他的作品大量使用方言和土语，因此常常被国外汉学家认为是“不可译”的，但近几年其作品翻译却进入了一个爆发期，先后翻译成外文的已有30多种。如英文版《浮躁》《废都》《白夜》《土门》《高兴》《古炉》《极花》，法语版《废都》《土门》《高兴》《带灯》《老生》，瑞典语版《秦腔》，俄语版《秦腔》，日语版《老生》，阿拉伯语版《老生》，韩语版《废都》，西班牙语版《山本》等相继出版①。2018年10月6日至8日，由上海交通大学外国语学院多元文化与比较文学研究中心、贾平凹文化艺术研究院共同举办的“贾平凹作品专题研讨会暨首届中国文学国际传播上海交大论坛”成功召开。来自中国社会科学院、清华大学、复旦大学、上海外国语大学、南京大学等科研机构和高校的近百名专家与学者参加了此次盛会，会议采取大会发言和圆桌讨论的形式展开。与“文汇讲堂”合作举办的“让世界认识贾平凹”的嘉宾对话会，吸引了700多名听众参加。中国作家协会副主席贾平凹发表了“中国文学与世界文学关系”的演讲。会议发起人彭青龙分别主持了论坛和对话会。会议围绕贾平凹文学创作艺术、翻译艺术、中国文学国际传播、民族性和世界性等议题展开探讨，引起学界、媒体和社会的广泛关注。

其二是，在中国当代作家中，贾平凹目前创作发表的长篇小说数量最多。自1987年发表《商州》开始，大约每两年，贾平凹就有一部长篇小说问世，迄今为止已经创作出版了16部长篇

① 成长．贾平凹：我的作品比较难翻译［N］．北京晚报，2019－07－30.

小说，其令人称奇的高产创作在文坛上已无人可匹敌，比诺贝尔文学奖得主莫言的长篇小说还多。到目前为止，贾平凹已经发表了一千多万字的作品，是一位名副其实的劳模。与此相随，贾平凹在国内外获得了各种重要奖项。从1978年获得全国优秀短篇小说奖开始，贾平凹先后获得第三届全国优秀中篇小说奖（1984），美国美孚飞马文学奖（1987），全国优秀散文奖（1989），法国费米娜文学奖（1997），法兰西文学艺术荣誉奖（2003），第三届鲁迅文学奖（2005），世界华文长篇小说奖（红楼梦奖，2006），第七届茅盾文学奖（2008），施耐庵文学奖（2011），第二届朱自清散文奖（2012），首届北京大学王默人－周安仪世界华文文学奖（2018）。

荣誉的背后是一个作家的实力。贾平凹作为贯穿了整个新时期以来中国文学各发展阶段的重要作家，其创作成就是有目共睹的。正如有学者所指出的，贾平凹是一位有着深沉悲悯情怀的作家，宏阔的人生视野使他向来不局限于小我的成败得失，而是心系天地苍生的喜悲暖凉。他始终秉有一种积极的入世心态，敏锐的观察力、恰当的表现力度与表现方式，使其具有进入现实生活的超强能力，这种能力是当代中国作家中不多见的。[①]

从贾平凹小说创作研究的视阈看，21世纪以来的中国文学及批评研究，基本上延续和维持了20世纪90年代转型以后的范式和格局，世俗化和欲望化的写作观念对大多数作家的制约依然存在，尤其对现实题材的创作而言，这在大量的小说文本中得到印证。当然，在这种看似稳定的文学模式中出现新的发展态势也

---

① 林建法，李桂玲．《当代作家评论》视阈中的贾平凹［J］．当代作家评论，2013（3）．

很正常，许多时候历史转折的信息首先由某些先锋分子所察觉，或者出于远见卓识，或者出于杰出的直观能力。他们或许还没有找到强大的理论做支撑，但恰恰是一种直觉，帮助这些先锋分子在现有的文化秩序中发现理性的盲点，引出新的文学冲动。于是在沉稳过渡中，当代文学研究学术空间出现了微妙的拓展和位移。一个突出的文学现象是，与前些年几乎无序而浮躁的文学争鸣相比，无论是专业批评杂志，还是文学杂志，面对文学创作、文学现实处境，冷静的理性分析似乎成了一种时代的默契。仅从近些年的文学热点看，各种有关理性分析的文学讨论，都产生了比较大的反响。学术争鸣往往伴随着思想的交锋，故常常有利于推动文学自身的发展，文艺争鸣基本上都是为了匡正某种文学恶习的别有用心。作家和研究者对中国文学的当代经典的期望似已转入了理性的期待，开始以成熟稳定的心态，返身参与到建构经典的基础性努力中。

另外，文学不是孤立的存在，文学研究的发展，受到生存空间和文化历史双重语境的制约是必然的。受全球化的后现代话语潮流的影响，国内学术界近两年兴起的文化研究热，不仅渗入哲学、社会学、伦理学等各类人文社会学科，而且逐渐有占据文艺理论、文艺批评和现当代文学研究方面的主导势头，文学的现代化与文学的独立在这一层面似乎发生了撞车行为，这开始引发对文学本体有学科独立的关怀意识研究者的忧虑和思考。文化研究对文学领域的批评不能说一无是处，但确实有使文学本体沦为文化研究的对象和附属的可能，西方文学研究的现有成果已经充分证明了这一点。在这种文化场中，传统的关于文学及其研究的纯文学立场就显得弥足珍贵。再者，新时期以来的文学经过中国政治、经济、文化等各方面的两次大转型，三十余年纷然杂陈的文学景观正在祈求一个历史的形式——祈求文学史的规范、评估、定位，并赋予其历史意义。文学史是一种历史性的清理，它迫使人们将目光集中到那些贯穿了整个新时期的作家身上，因为这样的作家最能体现当代作家自20世纪以来中国文学反复书写的内容：启蒙精神、现代悲剧感、文学形式的演变等。

文学研究自身逐渐走向理性、文学外在研究使文学内部研究空间出现掠夺性危机、当代文学研究走向历史的写作诉求，这三种文化思维向度的共同规约，凸显中国当代文学需要重视研究或进一步挖掘当下代表中国文学水平和方向的作家的价值。在这样的文学视野中，贾平凹成为一个绕不过去的存在。在《废都》发表之前，贾平凹持有的纯文学立场及其诸多重要的艺术实践，一直被众多的学者所重视、研究。他的艺术风格和审美趣味普遍被接受和喜爱，比如他的“商州”系列、“土匪”系列小说以及长篇小说《浮躁》等。但在众所周知的“《废都》事件”之后，贾平凹研究进入了较长时间的相对沉寂。长篇小说《废都》既是贾平凹本人的创作分水岭，也是相关研究的分水岭。而与此态势形成鲜明对比的是，贾平凹本人仍然以令人吃惊的速度和能量，创作发表了大量的文学作品，他以创作上的强势，迫使研究者在正视走向历史的当代文学时，更要正视他的实力存在。转机出现于2005年长篇小说《秦腔》的发表。贾平凹的这部集大成之作，在评论界再次引起轰动。首先是以复旦大学为首，在上海举行了贾平凹《秦腔》研讨会，之后中国作家出版集团、中国作家协会创研部、作家出版社、《文艺报》报社、《当代作家评论》杂志社五家单位又在北京举办了研讨会。与会学者一致给予这部四五十万字的厚重大作以高度评价，认为其是20世纪中国乡土文学的代表性著作，即便过去多年，仍具有里程碑意义。更有学者提出"乡土中国叙事的终结"这一命题，认为《秦腔》令人震惊地写出乡土中国历史在后改革时代的命运，即乡土中国历史的终结、乡土文化想象的终结、乡土美学想象的终结。①

以《秦腔》为节点，贾平凹研究重新成为学术界的焦点，而贾平凹仿佛开挂一般，以旺盛的精力和过人的才气，每两年创作出版1部，连续出版6部作品（2020年下半年，新作《暂坐》亦已出版——笔者注）。

关于贾平凹其人其作的研究，包括短篇小说、中篇小说、长篇小说、散文、书画等所有的创作，小说显然是研究的主要领域。令人称奇的是，贾平凹所有的创作艺术成就都很高。

由于贾平凹的长篇小说创作是建立在其成熟的中短篇小说基础之上的，因此，本论著有必要将有关贾平凹小说的总体创作做一简要的梳理和回顾。以贾平凹的创作时间及其研究热度切分为三大高峰时期，第一个时期为《小月前本》至《废都》发表之前；第二个时期是《废都》发表之后两年左右的时间；第三个时期则是《秦腔》发表之后，一直延续到现在。

第一个研究时期的特点是持续时间比较长，研究成果极其丰富，获得的评价以积极、褒誉为主，充分奠定了贾平凹在文学史上的地位。贾平凹初露锋芒是以短篇小说《满月儿》的发表、获奖以及小说集《山地笔记》的出版为标志。在当时压倒一切的"伤痕"文学思潮中，老作家邹荻帆、孙犁，评论家阎钢、丁帆等最早发现贾平凹的小说创作具有独特的美学价值，对贾平凹小说的抒情审美风格做了较为详细、全面的评价。但通常认

① 林建法，李桂玲.《当代作家评论》视阈中的贾平凹［J］. 当代作家评论，2013（3）.

为，贾平凹真正在文坛上立足是在“寻根”文学时期，读者和评论界在这一阶段真正认识到了贾氏艺术风格的魅力。评论界对贾平凹创造的笔记体的小说形式和神秘奇秀的“商州”民俗之美大加赞誉的同时，对贾平凹作为最早的“寻根”文学作者的身份予以认同。“寻根”时期对贾平凹研究突出的是丁帆、费秉勋、肖云儒、王愚、李星、雷达、季红真等人，这些研究主要对贾平凹民族艺术形式的探索和萌动的现代意识做了肯定，开启了贾平凹研究的第一个小高潮。到《浮躁》发表之后，评论界注意到贾平凹清灵柔美的艺术基调中，由兼容厚重的生活质感所带来的现实主义品格，使其艺术审美风格逐渐复杂起来。周政保较早对这部小说进行了肯定。《浮躁》所处的时代，正值中国社会结构发生深刻转型，新旧两种力量冲突激烈之时，所以“浮躁”是弥漫在整个社会各个阶层的普遍情绪。贾平凹在这部小说中做了一次艺术上的尝试：以传统历史文化为背景、氛围，以现时代的农民为表现对象，写出整个时代的心态和脉搏，写出代表时代前进的社会力量和典型人物，写出道德、历史和当代意识是怎样作用于现时代人的生活和思想情感。周政保敏锐地触摸到了贾平凹小说的创作核心，挑明了“浮躁”是历史前移过程中的必然表征，它预示了社会文化蜕变的开始；他还肯定了金狗是近年来农村题材小说的人物画廊里不可多得的艺术典型，推崇贾平凹对特定存在世界的新鲜理解和独到发现，以及由此滋生的广泛而深刻的社会意义与宇宙感知的价值。[1] 同年《小说评论》编辑部针对《浮躁》组织了一次讨论会，与会者一致认为《浮躁》是贾平凹个人思想艺术集大成的作品；在艺术构思上，小说实现了整

---

① 周政保．浮躁：时代阵痛的痛苦和信念［J］．小说评论，1987（4）．

体性艺术思维的效果；小说在结构上也实现了外在形态与深层内涵的和谐统一。王愚的批评也较有代表性，他比较客观地评价了《浮躁》的艺术价值并肯定了贾平凹本人创作的突破。他认为《浮躁》从家族问题入手，探索改革发展的趋势很有见地，因为中国是宗法制社会，传统的东西既是一种行为规范，又是一种牢固的习惯心理，写改革从宗族问题入手可以一针见血，直刺国民身上遗留的历史惰性，其深层次探讨了农民在新时代主题精神的张扬与相对落后的思想、道德意识之间的矛盾，并提出了许多关于人生的重大课题。这部小说不仅表现了贾平凹拥抱生活的热情，而且在审美层次的追求上，包容了多层次的内涵，是作家趋于成熟的表现，它标志着贾平凹在长篇小说创作中把握复杂现实、表现动荡社会的浮躁状态方面走出了可贵的一步。[①]

贾平凹的“土匪”系列小说发表之时，正值中国社会进入第二个转型初期，随着商品文化的全面泛滥，社会道德、价值体系几近崩溃，传统文学的市场受到严峻的冲击，文学发展走入了低谷时期。而这一时期贾平凹的小说却畅销不衰，成为当时文学市场上的奇迹。究其原因是其小说的传奇色彩和某些传统文化底蕴拯救了没落的当代纯文学。邹平对贾平凹这一时期创作的评价较有代表性，他认为贾平凹的“土匪”系列小说作为20世纪90年代小说的开山之作，不仅为处在迷惘和混乱的世纪末文学找到了一条既不媚俗又能拥有读者的有效路径，更重要的是“土匪”小说是一种情境假设，在当时特殊的时代政治背景下，满足了作家对话语禁忌的要求。作家可以在想象的世界里，以一种实在姿

---

① 王愚，贾平凹．与王愚谈《浮躁》//贾平凹文集：第14卷［M］．西安：陕西人民出版社，1998：148－166．

态呈现出人的心灵一旦失去平衡就变得极其迷惘。[1]

在研究专著中，费秉勋撰著的《贾平凹论》一书较有创新性。这部自成体系的研究著作，对贾平凹的艺术创作道路、创作风格形成、艺术创作心理等方面进行了详尽深入的分析，其中有三点值得注意：一是他从文艺心理学和社会美学角度出发，指出了贾平凹阴柔婉约的审美风格形成的原因；二是他较早认识到了贾平凹是有着强烈现代意识的作家，并对其作品中体现的传统与现代意识的激烈冲突进行了合理的分析；三是他第一次梳理了贾平凹的艺术传统与中国古代艺术的渊源，给后来的研究者以有益的启示。

到贾平凹研究的第二个高峰时期，一个极其突出的现象是几乎所有的研究都围绕《废都》展开。《废都》于1993年6月出版单行本并在1993年《十月》第四期刊出后，在读者中引起强烈反响，在文学界引起激烈争论。西安、南京、北京等地先后召开了有关《废都》的座谈会、讨论会，全国各大报纸发表文章展开争鸣。争论主要围绕着小说总体评价、主人公庄之蝶形象的理解以及小说中的性描写等问题展开，形成了三种学术观点。第一种观点对《废都》基本持否定态度，认为它标志着当代小说走向了穷途末路，表明作者已经陷入了艺术和思想上的泥沼，是一个乡村保守主义者对都市文化的满腹疑虑。[2] 第二种观点基本持肯定态度，认为这是一部奇书，一是对当前都市生活中广泛的社会现象进行毫无讳饰的描写；二是对当代文化人的人生悲剧和

① 邹平．转型期文学：对九十年代文学的一种概括［J］．文学评论，1995（2）．

② 许纪霖．虚妄的都市批判［J］．读书，1993（12）．

精神悲剧的深刻揭示。在描写世情和刻画颓俗中时时闪现其忧时愤世之心，使《废都》构成了沉浮于情天孽海中的现代文化人的真实无讳的灵与肉的实录。[①] 认为小说在形而下的描写中实现了形而上的思考，它"如此贴近现实生活，又把现实生活写得如此具有历史的、文化的、神秘的、空灵的意蕴"[②]。第三种观点则是一分为二式的，认为"在文化层面上，小说以隐喻和象征的手法，表现现代文明给人类带来的困惑。在社会层面上，小说对西京这个'废都'在现代文明纱幕下的种种'社会相'，进行了淋漓尽致的描绘"[③]，但描写过于皮相化和贫困化。

与第一个研究时期时间长、对文学主流渠道影响积极的特点相比，《废都》时期的研究特点恰恰相反，时间虽然短，只有两年左右的轰动效应，却是极端消极的影响，不仅极大地影响了贾平凹本人的生活和创作，也让批评界的主流群体保持默契，对他敬而远之。这使贾平凹研究在"《废都》事件"之后，进入了较长时间的相对沉寂。而与此态势形成鲜明反差的是，贾平凹在创作转型之后，继续以惊人的速度和能量，写作、发表了五部长篇小说《白夜》《土门》《高老庄》《怀念狼》《病相报告》，十多部中短篇小说集、散文集，还有两部自传性的长篇散文《我是农民》《西路上》。贾平凹创作上的强势无声地宣告了自己的文学存在。

长篇小说《土门》发表之后，批评界对他的评论情形开始出现好转，接下来几年，贾平凹的《土门》《高老庄》《怀念狼》

① 肖夏林. 废都废谁 [M]. 北京：西苑出版社，1993：128－129.
② 肖夏林. 废都废谁 [M]. 北京：西苑出版社，1993：131.
③ 陈辽.《废都》及《废都》热 [M]. 徐州：中国矿业大学出版社，1993：60.

三部长篇都先后召开了作品研讨会。这种讨论会，从主观上说是一批为贾平凹文学命运鸣不平者的良苦用心，从客观上看是贾平凹不容忽视的创作成就促成的。但我们必须看到的是，对贾平凹创作转型后的整体性研究仍不多见。

第三个高峰，开启于2005年贾平凹创作的长篇小说《秦腔》的发表。如前所述，评论界再次轰动，先后在上海和北京举行了两次高规格的“贾平凹《秦腔》研讨会”，评论家们全方位、多角度对《秦腔》进行了解读，并予以高度评价。栾梅健将贾平凹的《秦腔》与鲁迅的《故乡》、赵树理的《李家庄的变迁》、高晓声的《陈奂生上城》并置，认为其是20世纪中国乡土文学的代表性著作，具有里程碑意义。① 王鸿生提出：“《秦腔》是‘反史诗的史诗性写作’……这种写法给文学史提供了重要的参照和启示。”② 罗岗说：“他的野心不仅仅是在描述这样一个世界，还企望用这个世界来抵抗时代的潮流，对抗资本主义社会巨大的对人的异化和分崩离析的一个挑战。文学是需要这样的对话的。贾平凹的这部小说至少是在当代文学特别是在今天这样的环境里面提出了这样一个问题。”③ 雷达认为《秦腔》是贾平凹迄今为止最重要的一部作品，“它突破了以往小说的写法，比较难读，但要慢读，慢读才能读出它的意义和味道。他抽取了故事的元素，抽取了悬念的元素，抽取了情节的元素，抽取了小说里面

---

① 陈思和，杨剑龙，等．《秦腔》：一曲挽歌，一段深情：上海《秦腔》研讨会发言摘要［J］．当代作家评论，2005（5）．

② 陈思和，杨剑龙，等．《秦腔》：一曲挽歌，一段深情：上海《秦腔》研讨会发言摘要［J］．当代作家评论，2005（5）．

③ 陈思和，杨剑龙，等．《秦腔》：一曲挽歌，一段深情：上海《秦腔》研讨会发言摘要［J］．当代作家评论，2005（5）．

很多很多元素，可以说，这是一次冒着极大风险的写作，这样写太不容易，但《秦腔》却成功了”①。《秦腔》出版两年之后，陈思和再撰文：“（《秦腔》这部书）模拟社会，模拟自然，模拟生活本来面目。生活就是这样，一种是效法自然，春花秋月，自然轮回；另外一种是效法自然的人事社会。自然的人事社会也就是今天的社会生活现状。阅读《秦腔》的感受就好像在读一部日记，似读流水账。然而整部小说通读完后，就会感到中国农村和农村文化的衰败与颓亡非常令人震惊。”②

2006年，《秦腔》获得香港浸会大学文学院主办的第一届世界华文长篇小说奖“红楼梦奖”，获奖理由：“作家通过表现陕西地方戏曲‘秦腔’的衰落，写出了中国当代乡土文化、民间伦理、经济关系的剧变。全书充满想象力，通俗中见真情，平淡中见悲悯，寄托深远，笔力丰厚，代表了中国长篇小说的重要突破。”2006年，贾平凹凭借《秦腔》获得“华语文学传媒大奖·2005年度杰出作家”称号，评委会对《秦腔》给出了这样的评语：“他在2005年度出版的《秦腔》，怀着对故土、对亲人的赤子之心，以谦卑、仁慈的写作伦理，细致、密实的叙事艺术，记述下了乡村社会动人心魄的变化，以及在这种变化中难以挽回的衰败、无地彷徨的哀伤。”2008年，贾平凹终于以长篇小说《秦腔》，问鼎第七届茅盾文学奖。授奖辞如下：“《秦腔》这声喟叹，是当代小说写作的一记重音，也是这个大时代的生动写照。”从此，贾平凹研究重新成为中国当代文学研究界的热点和焦点，

---

① 张胜友，雷达，等．《秦腔》：乡土中国叙事终结的杰出文本：北京《秦腔》研讨会发言摘要［J］．当代作家评论，2005（5）．

② 陈思和．新世纪以来长篇小说创作的两种现实主义趋向［N］．渤海大学学报（哲社版），2007（3）．

之后出版的 6 部长篇小说都产生了重要的影响并被持续跟踪研究。李星、雷达、陈晓明、程光炜、孙郁、陈思和、吴义勤、张新颖等先后撰文，对《高兴》《古炉》《带灯》《老生》《极花》《山本》进行了评论和研究。值得一提的是，这时候国外汉学家和国内外国文学研究者也开始关注和研究贾平凹的作品，兴起贾平凹翻译研究的热潮。陈众议认为："贾平凹的《带灯》和他之前的《秦腔》及《高兴》构成了一个奇妙的'三部曲'。这当然不是一般二般意义上的'三部曲'。他的这个'三部曲'是共时性的，它们共同见证了传统意义上的乡土或故乡正在快速淡出我们的生活，其现实干预精神和理性叙事色彩都是贾氏以往作品所不能企及的。""中国需要伟大的作家对我们的农村作史诗般的描摹、概括和美学探究。""贾平凹实现了他不同寻常的文学价值、精神价值。他为中华民族的故乡情怀和乡土意象所唱响的挽歌非但带灯，而且是带血带泪带疼的。""贾平凹给出的，或将是中华民族告别千年传统的一曲绝唱。""《带灯》是一部写给未来的小说。"①

当中国文学走入新媒体时代，当热闹喧嚣的现在式沉淀为新的历史时，我们有必要对贾平凹予以更为系统、整体、深入的研究。随着智能化技术的全面普及，作家如其他类型的知识分子一样，已经从 20 世纪 90 年代以来前现代、现代、后现代等多元文化语境的混杂交融状态，逐渐过渡到现代文化对前现代文化的不断消解阶段。有着不同出身和文化背景的作家，从各自的现实生活体验与思考路径出发，在传统文化、现代化理论中自觉进行文化的重新选择和定位。事实上，新时期以来的中国文学发展曾经

---

① 陈众议．评贾平凹的《带灯》及其他［J］．当代作家评论，2013（3）．

出现两大趋向，一是走向世界、走向现代，二是回归中国、回归传统。这正是鲁迅当年提出的，“采用外国的良规”和“择取中国的遗产”两条新生之路。走向现代，中国文学才能立足于世界格局；回归传统，中国文学才能有自己的根基和特色。二者的交融，才能有中国文学光明的未来。似乎在冥冥之中，贾平凹前瞻性地完成了自我创作与时代发展趋势的一致性，完成了文化艺术在传统与现代二者之间的高度融合。

长篇小说作为文学艺术之中的黄钟大吕，对文学史而言，对作家本人而言，都意义重大。纵观贾平凹的整体长篇小说创作，我们发现他的创作是有规律可循的。一方面，他紧盯社会变革进程中的重大文化冲突，思考变迁中的社会生活热点，对现实永远保持清醒的现代性批判精神；另一方面，他背靠三秦大地，自觉受中国传统文化浸染，从文化哲学到民俗宗教，乐此不疲。一方面，他认真学习和践行东西方现代主义文学艺术的创作技巧；另一方面，他自觉学习吸收中国传统小说和现代乡土小说的精髓，成为中国文坛民族化小说作者中艺术风格最鲜明的一个。本书正是以贾平凹的十五部长篇小说为研究对象，研究两段历史：贾平凹的创作史、现代中国变迁史；两个空间：乡村与城市互为参照的地理空间、小说建构的虚拟艺术空间。本书对贾平凹公开出版的十五部长篇小说展开个性化的深度解读，探讨作家转型前后的整体创作规律，论证作家创作思想冲突裂变的具体过程及其特点，并对其小说的艺术形式做了创新性的分析和归纳，继而对贾平凹创作变化的深层文化心理做了分析，主要从艺术哲学、文化人格和心理需求三个方面进行了求证和阐释。最后从贾平凹的整体创作成就出发，尝试梳理他与中国古典文学、现代文学之间的继承与创新的关系，并试图厘清贾平凹在创作上的局限性。

有一位学者曾说，把工夫花在“渗透”到今天里面的历史上，是为了对它重新进行审视，从它的种种正常或不正常的兴衰及其产生的利弊，可以得出对于今天朝着历史前进方向的革新思想文化有启发意义的结论。

这正是本书所要追求的。

第一章

商州世界的守与望
——《商州》《浮躁》《妊娠》

第一节 对传统乡村文化的眷恋与反思

贾平凹涉足长篇小说创作起步时间很早，而且其书一发表就有着鲜明的艺术个性与风格。1984 年，贾平凹完成了长篇处女作《商州》。就像沈从文笔下的边城，贾平凹的“商州”也是以贾平凹的老家商洛为原型构建的一个文学世界。商洛是一个带有浓厚传统文化色彩的中国腹地山区城市。从地理位置看，陕西省自古分为陕南、陕北、关中三大板块，商州居于关中和陕南之间的秦岭南麓，处于交叉地带，地跨长江、黄河两大流域，气候温和，雨量充沛，群峰叠峦，四山环城，夏无酷暑，冬无严寒，充满商山丹水特有的秀丽和灵气。商州的自然资源十分丰富，地上有绿色森林，物产丰富；地下有黑色宝藏，资源充足。深山有珍禽奇兽，川道有雄厚特产。从历史文化渊源看，商州既受关中三秦文化的影响，讲究周礼，又受由川鄂一带传至陕南的楚巫文化的影响，信奉鬼神。

三秦文化滋生于黄土地。黄土地是华夏文明的发源地，传统的华夏文化是一种伦理型的大陆农业文化，以中国正统的官学化“圣人之学”——“尧舜周公孔孟之道”的纲常秩序和价值体系，作为衡量外部世界文化的价值尺度。三秦大地是周礼的发祥地，周礼构成了中国封建传统文化的核心——儒学的基础。周礼作为中国祖先崇拜仪式的规范化和系统化形式，保留了大量古代以来宗族内部相亲相爱的伦理情感。《论语》中“士不可以不弘毅，任重而道远。仁以为己任，不亦重乎？死而后已，不亦远乎？”这正是周礼所强调的伦理情感的核心内容，是中华民族的共同心理结构。几千年来，儒家仁礼经过由上至下的教化演变成为一种文化习俗，与社会政治体制相辅相成。

商州身处中国传统文化的腹地，一直以来保留着礼仪之邦的礼俗。在周礼中与政治、经济、文化制度并行的是家礼，家礼以宗法血缘维系，非常稳定。因此，经过历代包括近代以来的洗礼，周礼文化形式仍然在广大农村得以保持，一直发挥着作用。

在受到来自关中儒家文化的主要影响的同时，商州文化还夹杂楚巫文化的痕迹。楚巫文化属于东夷文化，好巫术，有原始宗教信仰和图腾崇拜的传统，楚文化的哲学代表是老子。巫文化相信人与动物、植物或周围其他事物存在神秘的联系，体现了原始思维或者神话思维的共同特征。巫术是人类高度自我中心的产物，也是情感图式同化外在世界的一种意志表现。在贾平凹的创作中，随处可见民间巫术、祖先崇拜的描写，不能说与此没有关系。

众所周知，经过历史大发展，中国最终融合成为一个多民族的国家，而这一文化传统恰巧在商州文化中保留下来，这对贾平凹而言，不是一个偶然。当然，商州的奇特还表现在其民风古朴，却又人性彪悍。这里是土匪经常出没的地方，在近代史上还是革命根据地，发生了许多可歌可泣的英雄好汉故事。这种民间的野性力量也是商州文化的一笔财富。

贾平凹作为商州弟子，一个走出商州的土生土长的文化人，商州成为他认识世界与历史、人生与艺术的一个法门，是他创作的源泉与聚焦点。当社会发生深刻变革时，贾平凹强烈地感受到了时代风潮的涌动对艺术创作的重要性，也看到自己的创作与时代最敏感的政治文化层面之间的必然联系。

《商州》写的是改革开放初期的陕西农村，以刘成和珍子的爱情为主线，讲述了商州一市七县改革开放以来的众多变化。明明是平凡之所，却处处闪耀着英雄史诗般的气质：封闭落后而自成一县的五十户小寨；一心为民的市长；山阳出美人，最为人称道的贞洁烈妇；物产丰裕却仍以打猎为生的乡民，古朴却有着彪悍之气的民风。刘成和珍子是两个单纯善良的青年，因为彼此吸引而相爱。老乡“秃子”长相猥琐，却挚爱珍子，为了阻止刘成得到自己心爱的女人，“秃子”以刘成“拐骗妇女”的罪名报警，然而，警察前来逮捕刘成的时候，刘、珍两人因为各种世俗因素不能在一起最终双双自杀，为了求得内心安慰，“秃子”给两人举办了“冥婚”。这部长篇小说在“商州三录”实录式表现商州的原生文化形态和地域特色的基础上进行了深度加工，并借鉴略萨的结构现实主义手法，将小说分 8 个单元展开，每个单元开头一章以“地方志”形式独立描写商州古老山地的山川河流、自然风貌以及风土人情、掌故传说和变革情况。贾平凹有自己独特的艺术视角，他对故乡商州的民俗心态洞若观火，对传说、历史信手拈来。小说在充分呈现大美商州的同时，也表现了商州世界正在努力向外面的世界寻找自己的前景，而现代世界也从它业已超越的传统世界中重新发现了可资充实自己文化创造活力的东西。小说中秀外慧中的山阳女子珍子，可谓传统乡村文化的代表，而刘成这位从商州市里来的善良英俊的青年，则是现代文明的代表。他们的一见钟情，两情相悦，是珍子对城市文明的景仰，也是刘成对传统民俗的倾慕，他们的结合可谓贾平凹理想中的天作之合。比如，照川坪的青年人迫不及待地从刚刚凿通的公路骑自行车赶去县城看新鲜事的同时，省城的美术工作者却来到他们的出生地，寻觅到了可以使现代艺术汲取智慧清泉的民间艺术。所以，贾平凹清晰地看到了社会进步并不意味着两种文化的断裂或在此之前的文化的消失，它们之间不是只有对峙、超越、分离的性质，也具有接续、互补和整合的价值。但是，小说的结局是二人双双殉情，以悲剧收场。可见贾平凹清醒地认识到，传统文化与现代文明的碰撞，也会带来巨大的阻力，滋生新的丑恶。男女主人公的死呈现了善恶的纠缠，传统民俗内部的惯性与情性更难消除。

如果说《商州》展示了时代变革产生的趋利之风给具有原始稳定文化氛围的古老山地带来一种躁动不安的情绪，之后的长篇小说《浮躁》已经开始越过表象的文化形态，去触摸民族变革的深层心理。小说首先尖锐地触及了变革时期的中国农村地区家族宗派势力的复杂性。从家族问题入手探索改革发展的趋势，这是很智慧的选择。因为中国是一个宗法制社会，传统的东西既是一种行为规范，又是一种牢固的习惯心理，写改革从宗族问题入手可谓一针见血，直刺国民身上遗留的历史惰性，深层次探讨了农民在新时代主题精神的张扬与相对落后的思想、道德意识之间的矛盾，并提出了许多关于人生的重大课题。这部小说在审美层次的追求上，有多层次的内涵，是作家趋于成熟的表现。它成功把握了复杂的现实，深刻地表现了动荡社会中的浮躁状态。

另外，小说表现了新时代的农村青年试图掌握自己命运的精神追求。小说最值得一提的，是贾平凹塑造“金狗”和“小水”两个最光彩的人物形象，通过爱情细节的描写，生动微妙地展示了一对浸淫了传统伦理文化意识的农村青年，在新的历史时期，对爱情观念的全新诠释。小水是个寡妇，但金狗爱着她。为了金狗的事业，小水忍痛割爱，让金狗与英英好。为了让金狗死心，小水又嫁给了憨厚老实的福运，她主动向福运示爱，这个过程反而让她猛然认识到自己死守道德贞操，让爱与性分离，这是金狗离开自己的真正原因。而金狗心里爱着小水，却学会了城市青年的性开放，但又不能真正做到身心放松，与有夫之妇石华偷情后，内心总是充满罪恶感。最后，福运意外死去，留下一个遗腹子。金狗又娶了小水，一对苦恋多年的人终结秦晋之好。

当然，这部小说充分体现了贾平凹独特的现实主义创作观，敢于直面爱情与性的现实话题，描写了金狗与川英英、石华之间的复杂情感纠葛。金狗与英英的关系既是情欲的泛滥，又是双方对各自利益追求的殉葬品。此种情欲的冲动及日常的行为与他处于社会中浮躁功利的心态相吻合，可以说是一种功利的对权力反叛的扭曲形式。金狗与石华的性关系复杂得多，他们相互寻求刺激，金狗压抑的情欲在开放的石华身上得到了释放。他们生命本身的躁动恰与整个时代文化背景完全契合。

长篇小说《妊娠》由五部中篇小说《美好的侏人》《龙卷风》《故里》《马角》《瘪家沟》连缀而成。《美好的侏人》写的是侏儒村的人在拾金不昧与发横财之间的摇摆观念，最后前者占了上风。侏人虽矮心地却好，他们眷恋本土。上级机构查明是水土导致他们矮小，要求他们迁离本土。小说的意味绵延深长，写出了生的矛盾：心灵美丽却面目丑陋，想固守美德却发现已不能在本土生存。《龙卷风》里的“龙卷风”，象征着现实和传统两股力量互不让步，挟持着时代前进的力量。“鬼市”则象征着改革开放后经济提升、道德滑坡状况下人们心里的诡计，愚弄别人，结果愚弄了自己。其中的人物思想性格也是象征，“丑丑”不丑，而且心灵很美，但好人却没有好报，恩爱夫妻不能到头，丑丑的丈夫病死，儿子发疯。小说弥漫着一种好人难做的伤感情绪。丑丑的父亲“老军需”想要找个老伴，村里人（包括女儿）却不允许，认为老来结婚是伤风败俗。另一户郑姓人家，儿子老大在盗墓前凶悍可恶，盗墓以后不意变得傻呆、贫穷潦倒，但又不失憨厚；郑家老二到外面闯荡了一番，长了见识，他求发财心切，在未名湖里捕鱼卖给外乡人，还得到县里的贷款支持。但后来村里有人眼红他发财，将湖里的鱼群全部毒死，最后害得老二卷款逃债，在外面赌博杀人被枪毙。死时脑浆开裂，脑浆被一小孩为治病沾了馒头！

《马角》写了一个类似于郑家老大的阿Q式的人物“苟旦”，一个又穷又傻的老光棍。他一直生活在革命老区“过风楼”，苟旦的祖上是老翰林，到他的爷爷辈开始衰败，他是当兵的父亲临行前与母亲野合而生的，后来，他的父亲战死沙场，母亲活活饿死。这篇小说重点写了他在“文革”时期的“革命”故事，以此折射出那个时代的荒诞。小说后半部分，写他因为对乡长的老婆有非分之想，欲图谋不轨却被人发觉，最后逃至县城。这时“文化大革命”已经结束，他与别人一起贩漆赚钱，赚了钱后又回了村里。回村后他被选上村长，又因为无法完成上级下达的计划生育指标，被罢了官；再后来与他人偷盗古墓，掘出了自己的老祖坟，发现祖先竟长了尾巴。

这个祖先长尾巴的细节，贾平凹实际上以此暗喻人类文明并未随着时空的变化而得到真正的进化。这篇极度荒诞离奇的小说，让贾平凹的现代主义艺术表达欲望得到了极大的满足。

《故里》描写赵家八个女人的命运，叙述了新时期农村女性的不同遭遇。老大赵秀是前妻所生，她的丈夫已死，留有一个儿子，她自私且没有老大的责任感；老二赵怡天生丽质，认了韩玫的父母做干爹娘。赵怡的丈夫是省城的作家，夫贵妻荣她也威风八面。小说叙事的基本线索，即她回娘家时的所见所闻。她为了父亲的七十大寿和百年身后事而来，事毕回家，却发现丈夫与人通奸。老三赵云胆小怕事，婚后常被丈夫殴打，却始终不愿离婚。老四赵艮对爱情异想天开，高不成低不就，婚姻迟迟不能解决。赵家大媳妇顾玲玲，与丈夫一起做生意，有钱以后发现丈夫与韩玫偷情，她却索性成其所好，把二人控制在自己手中，后来她与丈夫在华山旅游，摔断了一条胳膊，系咎由自取。老二的媳妇香香是在监狱里与赵家老二好上的，可婚后丈夫嫌其又丑又泼，经常殴打她，她仍然本性不改。老三的媳妇孙月绒，人长得粗黑性情却好，是贤妻良母。这八个女人的命运都没有什么离奇之处。

贾平凹参考了他自己本家的一些人和故事进行创作，小说一开头以写八神洞始，结尾以写八神洞终，前后不同的是，洞中的石头最后变成了石人，残缺的诗句最后被补全。从作者立意看，这些显然都具有象征意味，但从艺术效果看，似乎不太成功。

《瘪家沟》则写出了中国传统文化在改革前后美丑互渗的特性。瘪家沟是道家文化的象征，老子曰：“玄之又玄，众妙之门。”人们在瘪家沟这块孕育生命和精神寄托的地方兴建了瘪神庙。远古传下来的子嗣观念，让远近的百姓忙着烧香拜佛，庙里的香火终年旺盛。但生活在这里的人的命运又如何呢？老贯年年死不了，活了一百多岁，死人活人分不清，就像是活着的幽灵，而他的后代却人丁不旺，他非死即傻的状态，象征儒家孝文化的衰竭；张家老三的儿子在省城做大官，七情六欲不断，导致生命垂危，后来他请了一名道士给他治疗，结果竟将老道士活活累死，这个人物故事象征着无止境的欲望与道家文化的格格不入；作家石夫用生命写成的小说，竟被乡亲用来做包瓜籽的废纸，这一细节揭示了这个村庄的人在精神上的蛮荒愚昧。

从总体艺术特点看，这部奇异的小说初步展示了作家学习魔幻现实主义的创作成果，是贾平凹汲取“寻根”文学思潮精华之后的进一步自我艺术思考。这些小说的现实主义特色还是比较明显的，但在神秘象征和结构主义的情节模式中，作者尝试了在观念上阴阳不分，写作上情节前后不分，人与事、人与自然不分，古代与现代时空不分等写法，使万事万物处于混沌一片却又是“玄之又玄，众妙之门”的境界。但在这种看似混沌的写法中，作者含蓄地表明了其对世界的认识和看法：在强大的传统文化氛围中，乡民的愚昧和蛮动无可逃避，在新的时代面前陈腐的文化反而能古木发新芽，甚至将原有的美的东西破坏殆尽。

荀旦式的人物在艺术创新上也许不够，身上有太明显的阿Q的影子，他是现代版的阿Q，又是福运和雷大空的叠合物。但正是这个人物形象，深刻地说明了现代中国文明走向进步的过程中，遭遇了历史惰力的阻碍。无论是与贾平凹本人前段时间的“寻根”派作品相比，还是与同时代的其他“寻根”作家相比，《妊娠》都是别具匠心，也是较为成功的作品。因为这部小说对传统文化造成的历史惰力的理解，深入骨髓，展现了作者本人对几千年封建传统文化劣根性的深刻认识。正因为贾平凹对中国传统文化的本质认识，他才可能更强烈地意识到传统文化现代化转型的急切性和必要性。但传统与现代并不是割裂的，现代应该是传统基础上的现代。因此他并没有因此对时代的前进灰心失望，这从他的《妊娠》序言里可看出来。

夜读《周易》，至睽第三十八，属下兑上离，其《彖》曰：火动而上，泽动而下；二女同居，其志不同行。又曰：天地睽而其事同也。男女睽而其志通也。万物睽而其事类也。

按张善文的解释，睽者，乖也，《说文》谓“乖违”之意。乖背睽违，好比火焰燃动炎上，泽水流动润下；又如两女同居一室，志向不同而行为乖背。此时应当和悦附丽于光明，用柔顺之道求进向上直行，还要处事适中而应合于阳刚者，这就是小心处事可获吉祥的道理。天地上下乖睽但化育万物的事理相同，男女阴阳乖睽但感应求合的心志却相通，天下万物尽管乖背但禀受天地阴阳气质的情状却相类似。基于这种理解，贾平凹特别欣赏《喙传》的最后两句：“睽之时用，大矣哉！”即“乖睽”之时有待时用的范围是多么广大啊。《妊娠》写的就是在变革时期的社会现实中，看似混乱无序希求感应天地之志与心志的情状顺应了事物的发展规律。如果说《浮躁》是从积极的一面展示现实，《妊娠》则是从背面、消极的一面揭示事物的真相，二者看似“乖睽”，实则同为一理，都适于“时用”。

贾平凹在小说序言中还说道：

我确实不知怎么概括这个时代的现象、心理、情绪。过去流行一种“时代精神”说，往往是强调要怎么怎么的，总之是一种人为的硬加的，我的看法一直与之不一，认为这是“势也”。汉代国力强盛，经济必然发展，疆土必然扩大，皇帝就有了武帝，外交就有了张骞，连石匠刻刻石头也就有了霍去病墓前的卧虎蟾蜍，连泥瓦工随便捏个土罐，也就是个大度无比的汉罐。清末衰败，看看它的景泰蓝、蛐蛐罐、鼻烟壶也便知晓了。一个时代有一个时代的精神，在当时并不被大多数人体察的，过后则明了矣，而要写出这个时代，此时代的作家只需真真实实写出现实生活，混混沌沌端出来，这可以说起码是够了。

……

由此我想，世上的事都是大悲伴随了大喜，无祸也就无乐啊！但不知乡下的大嫂在极端痛苦之时产生没产生过想将胎儿打掉的念头呢。

《商州》《浮躁》《妊娠》作为贾平凹长篇小说创作第一阶段的作品，一出现就以文体形式的新奇、题材的多变和文化意蕴的复杂，成为当代“寻根”文学的代表性作品。

第二节

乡土抒情与魔幻叙事

贾平凹在 20 世纪 80 年代创作的三部长篇小说，有一个很重要的文学思潮背景，即当时国内盛行的“寻根”文学思潮。从艺术追求看，正是拉美文学和西方文学等现代意识的烛照，激活了贾平凹身上潜藏的传统文化思维，重返商州即成为他“寻根”的文化自觉。无论是就文学的精神还是表达形式而言，在传统与现代之间游刃的作态，是“寻根”文学最为醒目的特征。对贾平凹而言，“寻根”文学使他面临乡土抒情与现代叙事的双重选择。

就创作而言，在“寻根”思潮中，“寻根”文学对作家创作的约束力，仅仅表现在思想和情感的“意向”追求上，这很抽象，很宽泛，而在小说形态上的影响显得更具体。最明显的特色就是民俗文化、地域文化形态小说的集体涌现。民俗是活着的历史，是人类生活中普遍而特殊的存在，是传统的历史、文化和哲学在民间的浓缩，它以民众集体程式化的方式存在着。它是人类文化意识的原型，比神话更有宽广的兼容信息的能力。在人类文化意识形态宝塔的构制中，民俗处在最底层，如同尚未提炼的原生态的矿石。爱略特说，在一个优秀作家的创作中，传统是其最优秀的部分，最独特的部分，它与历史感紧紧联系在一起。川端康成写小说，无处不是通过写民俗生活、四季美景表达人物内心情感。

当代文坛写民俗的小说，并不是从贾平凹开始，而是从“寻根”文学开始。1982 年前后，汪曾祺、邓友梅、冯骥才、刘心武、陆文夫等人的创作已经开了先河。只不过，“寻根”文学的倡导者是一大批实力派的青年作家，因而显得声势更大些，而且创作更自觉些罢了。写民俗的“寻根”小说大体可分成三类：第一类以《爸爸爸》《小鲍庄》为代表，主要偏重于对古风陋习的描写，着力表现传统文化的惰力和民族精神的病根，批判传统历史文化造成的民众的愚昧、麻木、落后、保守等国民劣根性。第二类小说以《北方的河》《棋王》为代表，表现民族生命的活力与超然物外的境界。第三类则以贾平凹的“商州系列”和李杭育的“葛川江系列”为代表，偏重于展示传统文化的乡土魅力和民间的自由精神。艺术之神是很公正无情的，第一类是作为“寻根”文学主流的小说，但是，因为它违背了民俗生活的真实，违逆中国人求和谐、重善美的民族审美习惯，只为达成作者的创作意愿，一味地寻歪根、劣根，其结局就是让读者敬而远之。没有了读者的艺术，只能被宣告死亡。第二类小说与第一类恰恰相反，超拔的人生镜像又远离了人间的烟火，读者可以有美的享受，但小说艺术过于虚空，作者的内功容易被耗竭而自动停止相关创作。

从艺术审美价值看，贾平凹的小说算是高的。即使不算“寻根”文学倡导之前的作品，1985 年以后，贾平凹又连续创作了《天狗》《古堡》《人极》《黑氏》《商州》《妊娠》等带有浓郁商州地方色彩的中长篇小说。正是这批作品，第一次真正显示了贾平凹作为当代最优秀作家之一的本色。

贾平凹是一个具有独立艺术个性的作家，他有自己的艺术追求，不管文坛多么热闹，其创作步子都没有乱，也没有停下来。他四进商州，真正融进底层文化，找到充满生活质感的人物和题材，充分表达自己的创作观念。同时，在中西方叙事艺术的比较中，他终于摸索出了其中的奥秘，写作时能不动声色地、不停地变换叙述角度，或使叙述者、主人公和读者之间的身份泾渭分明，各安其位；或将叙述者与人物合而为一，进入人物内心，极尽曲折地向读者传递人物的内心世界；或将叙述者与人物分离，与读者的视线融合，冷眼旁观主人公的悲喜人生。贾平凹顺利地完成了小说艺术由写事向写人的过渡，解决了中篇小说写作的结构问题，这对他个人而言，实在是个大突破。

在小说结构上，《商州》借鉴了《胡利娅姨妈和作家》的“章节穿插法”。奇数各章展开主要情节，偶数各章安排一些看似无关实则用来强化故事背景的叙述。《商州》把这个基本模式做了改造，为己所用，我们现在看到的八个单元，每单元三个小节的结构，贾平凹认为这样处理更中国化，更能发挥自己散文笔法的优势。但从小说的实际效果看，是不成功的，有“离之则双美，合之则两伤”的遗憾。韩鲁华针对贾平凹的长篇小说，着重谈到了其小说创作的写实性原则：“贾平凹的小说创作应属现实主义范畴。但他又吸收了现代艺术、古典艺术中的许多营养，成为一种新的现实主义……从总体上来看这三部作品，我们就会发现其间有一种内在的现实连续性。《商州》表现的是现代文明冲击古老山区后，在现实生活与当代人心理上激起的波动；《浮躁》则是一个民族的现实生活与农民文化心态上的骚动；而《妊娠》又是这种骚动痛苦过程的具体描述。它们共同构成一个现实世界的艺术总体，体现了作家审美表现方式上的写实性原则。”①

对于现实主义创作，贾平凹有这样的理解：“现在的写作观念都很新，什么都能写，什么写法都在使用，这是长篇繁荣的体现。一批作家在成熟着，志向都很豪华，想象力又特别好，借鉴的东西丰富，但我觉得还是得强调一句老话，即长篇小说要为历史负责，成为一面镜子。时下中国的现实，在政治上、经济上、文化上发生了多大的变化，尤其文化上的变化，作家应该为此存照，你或许是激奋的，或许是郁愤的，咯血去写，含泪去写。如果写作只是急功近利地去迎合什么，或者受一点什么新奇的理念去打造个很精致的东西，都可能要辜负这个时代给作家提供的机遇。”②

他认识到，改革年代写改革，并不一定是只为时代唱赞歌，即使是唱赞歌，也不能就此说这样的作品是庸俗之作，关键是看作家怎么写。贾平凹曾经反思过一个问题：《阿 Q 正传》和《唐·吉诃德》为什么能典型地概括当时的时代特点？他认为是

① 韩鲁华．审美方式：观照、表现与叙述：贾平凹长篇小说风格论之一［J］．当代作家评论，1990（2）．

② 贾平凹．生活会给我们提供丰富的细节［J］．当代作家评论，2006（1）．

作者能从现实生活中抓住当时的社会心态，抓得准确，涵盖面就大。目前中国所处的时代，社会结构发生深刻的转型，新旧两种力量的冲突激烈，“浮躁”是弥漫在整个社会各个阶层的普遍情绪。于是他在小说《浮躁》中做了一次新的尝试：以传统的历史文化为背景、氛围，以现时代的农民为表现对象，写出整个时代的本质心态和跳动的脉搏，写出代表时代前进的社会力量和典型人物，写出道德、历史和当代意识是怎样作用于现时代的人的生活和思想情感的。围绕这个核心，小说没有从某一个人、某一个故事来写，而是从许许多多人的心态中抓住当前时代中的浮躁情绪，从这一点出发，组合人物，展开事件。对现实中的人物、事件，从历史长远发展的角度来写，从社会各个层面的结构中把握，没有局限于乡村，而是联系到更高层的行政管理机构，从县里到省里，到地区到中央，把场面拉得更开阔，有意识地增加社会的涵盖面。

在创作手法上，贾平凹运用西方现代叙事艺术表现人物的性格心理。而且，他将这种现代叙事艺术与中国传统的白描、对话等小说艺术手法结合在一起，使之连接得不露痕迹，毫无斧凿之气。在讲述故事时，他开始设置“隐含的读者”，拉家常似地娓娓道来，但行文到一定时候，将白描手法及时地插在叙述之中，增加叙事的密度和强度，使文章的情意不断荡开来，饱满起来，有摇曳多姿之美。无关紧要的地方用减法来写，加快叙述节奏，不随意浪费笔墨。这种中西结合的叙事手法，他自己借用绘画技法作喻，称为“散点透视法”。这是贾平凹作为当代优秀作家，表现最为成功的地方之一。《天狗》《黑氏》《妊娠》是这一时期最经典的代表作。

魔幻现实主义是拉美的土特产，却吸收了欧美现代派艺术的精髓，深受布勒东的超现实主义、爱略特的象征主义，乔伊斯、福克纳等人的意识流手法的影响，马尔克斯们大量借用印第安人的古老神话，用谈神说鬼的方式，打破主客观世界的界限，用复杂多变的结构，打破时空界限，编织虚幻情节，追求神秘新奇的艺术效果。神秘的鬼神文化对贾平凹来说并不陌生。在中国古汉语中，性灵文学之“灵”，有“灵巫”“神灵”“阴之精气所聚——灵魂”三种意思。世界上所有的民族多经过巫教阶段，但在这之后，不少民族走上了一神教的发展之路。中国却不同，泛灵观念一直保存下来并主宰人们的头脑，成为传统文化最深厚的根基。王国维《宋元戏曲考·上古至五代之戏剧》云：“古之所谓巫，楚人谓之曰灵……《楚辞》之灵，殆以巫而兼尸之用也。其词谓巫曰灵，谓神亦曰灵。”在中国秦头楚尾的商州农村，人人头上有三尺神明，信守灵巫的气氛，浓浓地弥漫在每一个生存在这片土地的人的周围。贾平凹从小就是听着神鬼的故事长大的，形成神鬼的宇宙观丝毫不奇怪。文学艺术，在本质上，是人们对未知的自然世界和无法解释的心理世界的想象。《商州三录》中，贾平凹写了一个老医生给狼治伤，狼反过来报恩的神秘故事。散文《大洼地的一夜》就更神秘了，晚上明明打死了一只狐狸，第二天清晨起来一看，什么也没有。他写出玄妙的宇宙哲理与自然世界是息息相通的。

拉美文学将神秘文化与象征艺术相结合，贾平凹大受启发，令其无意识的艺术思维转变为自觉的艺术创新的渴求。在原有的艺术心理格局中，他将魔幻象征的艺术思维与禅宗思维相结合，形成贾平凹式的神秘象征艺术。这在《古堡》《妊娠》之后的作品中几乎成为一种创作定势。神秘象征与“性”永远脱不了干系，因为性是人类对自身生命的认识永远不可知的载体，它是感官的，又是生命力与美的源泉。中国文学由于历史原因和文化传统，对性的艺术描写屡屡设禁，尤其在新中国成立后 30 年间，人人几乎谈性色变。20 世纪 80 年代中期以来，以张贤亮的《灵与肉》为代表的小说，拉开了中国当代文坛写性的序幕，迎来了当代文学史上有关“性描写”的第一次高峰期。贾平凹的小说写性，是在 1985 年以后，这期间的作品几乎都是以性意识为写作焦点，通过各种性爱故事探索乡村社会潜在的性意识，解释传统文化对人的深层心理结构的影响，形成其与众不同的艺术创作风格。写性的压抑、含蓄与神秘是贾平凹 20 世纪 80 年代中期以后的最大特色，也是《浮躁》的艺术魅力之一。

第二章

世纪末的转型之作
——《废都》

第一节

书写世纪末的颓废

20世纪90年代初期的中国，处在社会政治、经济、文化全面转型的重要时刻，每一位中国人尤其是知识分子都遭遇到了前所未有的精神危机。贾平凹与新时期文学一起成长起来的其他作家一样，出于对历史和社会发展的人文关怀以及文学表达的精神向度，他很自然地采取倾向于五四以来的启蒙理性立场。启蒙文学是新时期初期文学由封闭压制的政治文学体制走向文学回归自身的历史性选择，它承继了五四文学的启蒙传统精神，对人性的呼唤和追求成为小说表现一个时代文化的需求。《小月前本》《浮躁》等小说，表现的就是作者对民主、富强、文明的“政统”（即主流意识形态）启蒙诉求，他对改革大潮中的州河寄予了期望。州河的浮躁只是因为年轻，“它的前途是越走越深沉，越走越有力量的"①。中国现代化进程中需要的理性文化成为他当时主要寻求和肯定的。但是，随着中国改革的进一步深入，西方现代工业文明发展过程中出现的矛盾和冲突，开始在中国本土逐步暴露出来，另外，西方文化传统与中国本土文化在文化形态上的迥然相异，导致新的、激烈的文化冲撞，一直未得到妥善的解决，在新的历史时期必然带来更多的文化和心理危机。对这两重文化矛盾的思考，成为中国当代许多作家共同关注的创作焦点，是当代文学进入20世纪90年代文化转型之前的一个普遍认知。

随着全球化语境在中国本土的迅速登陆，中国现代化发展过程中，后现代文化形态在中国发达城市已经悄然出现。后现代的经济表现形态是信息化的后工业时代，电子信息技术的全球化推广，推动了全球经济一体化的趋势，也带动了文化全球化的发展。中国发达城市亦步亦趋，对这种文化消费进行了预支，而绝大多数内地省份却仍处于由传统农业文明向现代城市工业文明的转换之中。20世纪末的中国，前现代、现代与后现代三种文化形态结构奇特地并存着。

一方面，传统文化以其稳定的形态结构，对中国文化社会向现代工业文明转换的现代化过程产生强大的影响，新旧社会价值规范之间、新旧文化因素之间、新旧社会制度之间的激烈碰撞和冲突还未消除；另一方面，现代工业文化已经出现弊端，产生了发展性危机，开始向后工业化时代过渡，后现代与现代之间的重重矛盾，在中国发展较快的城市中已开始暴露。20世纪90年代以后的中国社会就处在这双重的文化困境之中，启蒙理性在特定的历史时期遭到了尖锐的质疑。

---

① 贾平凹．做个自在人［M］．呼和浩特：内蒙古教育出版社，1998：11.

贾平凹是一个极其敏感的艺术家，他的艺术敏感特性，使他对这一问题的思考更具有前瞻性艺术价值，他凭直觉告知自己应该及时把它表现出来，就像当年写作《浮躁》一样。1993 年 6 月，在万众瞩目之下，这部被贾平凹称为“安妥我破碎了的灵魂”的奇书《废都》横空出世，它犹如一枚重型炮弹，在当代文坛掀起了狂风巨浪。由于小说发表之前，媒体将贾平凹正在写的《废都》说成是当代的《金瓶梅》《红楼梦》等，高高吊起了读者的胃口，吸引了无数关注的眼光，《废都》一出，导致了学术界史无前例的激烈争论。西安、南京、北京等地先后召开了有关《废都》的座谈会、讨论会，全国各大报纸发表文章展开争鸣。争论主要围绕着对小说的总体评价、对主人公庄之蝶形象的理解以及小说中的性描写等问题展开，形成了三种学术观点。第一种观点是对《废都》的基本否定态度。认为《废都》“表现了作者思想上、艺术上的迷乱”①。更让一部分批评者无法接受的是，他们认为庄之蝶的现代知识分子身份是伪精英的，庄之蝶与四个女人之间的性爱行为，是十足的传统士大夫做派，严重亵渎了中国当代知识分子的文化身份，这是贾平凹遭到来自学院派和高层次文化人士群起攻击的主要文化背景。另外还有研究者认为，《废都》对贾平凹个人而言，表明作者“已经陷入了艺术和思想上的泥沼，是一个乡村保守主义者对都市文化的满腹疑虑”②，他心灵上的不堪重负只能由终南山的神牛来承受。“作为都市和乡村之间的尴尬人，他的双重叛逆命中注定永远无法安托

---

① 陈辽．《废都》及《废都》热［M］．徐州：中国矿业大学出版社，1993：116．

② 许纪霖．虚妄的都市批判［J］．读书，1993（12）．

破碎的灵魂。"[①]

第二种观点基本对《废都》持肯定态度，认为这是一部奇书，"写出了庄之蝶幸运表象下面的大不幸，作者严厉拷问了包括自身在内的众多文人的灵魂，也对禁锢庄之蝶们的社会文化氛围进行了含而不露的鞭笞"[②]，"作品的卓绝异常之处，一是对当前都市生活中广泛的社会现象的毫无讳饰的描写；二是对当代文化人的人生悲剧和精神悲剧的深刻揭示。在描写世情和刻画颓俗中时时闪现忧时愤世之心，使《废都》构成了沉浮于情天孽海中的现代文化人的最真实无讳的灵与肉的实录"。[③] 该观点认为小说在形而下的描写中实现了形而上的思考，它"如此贴近现实生活，又把现实生活写得如此具有历史的、文化的、神秘的、空灵的意蕴"。[④] 还有人认为《废都》同爱略特的《荒原》很相似，"两者同样有着对于传统文明断裂后的隐忧和悲剧感"。"它创造又消解了传统文化在现实生活中的神话，是一份难得的精神标本，使中国文学与世界文学对话过程又迈上了一个新的台阶。"第三种评价则是一分为二式的，认为小说提供了"一个全景式的都市印象图"，[⑤] "从打碎名人偶像崇拜的意义上说，《废都》倒不失为警人戒世之作"[⑥]。小说的艺术内涵由文化、社会、个人三个层面构成，"在文化层面上，小说以隐喻和象征的手法，表现现代文明给人类带来的困惑。在社会层面上，小说对西京这个

① 许纪霖．虚妄的都市批判［J］．读书，1993（12）．
② 白烨．三读《废都》［N］．人民政协报，1993－08－28．
③ 肖夏林．废都废谁［M］．北京：西苑出版社，1993：128－129．
④ 肖夏林．废都废谁［M］．北京：西苑出版社，1993：131，271．
⑤ 陈辽．《废都》及《废都》热［M］．徐州：中国矿业大学出版社，1993：48．
⑥ 张筱强．感觉的错位［N］．文汇读书周报，1993－11－13．

'废都'在现代文明纱幕下的种种'社会相'，进行了淋漓尽致的描绘"[①]。"庄之蝶与四个女人的性关系是个人生活层面的核心和骨干，但这个层面的描写失去了与前两个层面的有机联系，它没有使文化思考和社会批判得到升华和深化，恰恰相反，而是使其更加皮相化和贫困化，最后只剩下了官能刺激这一样东西。社会批判意识和启蒙意识被这第三个层面的性描写破坏了，本是一部怒书，却沾染了淫气，本可酿成一杯美酒，却因加了黄色素而变味。"[②] 而且庄之蝶与唐宛儿等四个女性形象之间的关系没有足够的真实感，因此很容易让人误解为彻底否定现代都市文明才是作者的本意。

几乎同时，全国多家出版社出版了有关《废都》的评论集或文章汇编：上海三联书店的《贾平凹怎么啦？——被删去的6986字的背后》；团结出版社的《废都之谜》；陕西人民出版社的《多色贾平凹》；中国矿业大学出版社的《〈废都〉及〈废都热〉》；学苑出版社的《废都废谁》；河南人民出版社的《〈废都〉滋味》；华夏出版社的《失足的贾平凹》等，登在各大报纸的零碎文章就不用说了。1994年1月20日，北京市新闻出版局正式下发了"关于收缴《废都》一书的通知"，将《废都》定性为有害于青少年身心健康的出版物。

现在来看，这是一部纯文学的小说艺术作品，毫不夸张地说，《废都》所涉及的重大时代命题以及全新的艺术表现形式，在当时算是石破天惊了。贾平凹具有前瞻性的文学思想，以及创新性的艺术表达，这些决定了这部小说坎坷不凡的命运。

① 陈辽．《废都》及《废都》热［M］．徐州：中国矿业大学出版社，1993：60.
② 陈辽．《废都》及《废都》热［M］．徐州：中国矿业大学出版社，1993：65.

《废都》的故事以西安的历史和文化氛围为背景，写的是西京城的四大文化知名闲人的故事，他们利用社会对文化的需求心理，借助市场经济的国策大发横财，名利双收。他们在社会上名高望重，背地里却肮脏堕落之极。四个闲人中，庄之蝶是故事的主角，围绕他又有四个女人的故事，唐宛儿与牛月清是庄之蝶的传统与现代精神的化身，两个人最终与庄之蝶分手，意味着庄之蝶现实生存环境的彻底崩溃。汪妻是庄之蝶的精神寄托，是最后活下去的希望。小说还意味深长地描写了各个阶层的闲人形象：收破烂的老头、柳叶子、周敏、赵京五、龚小乙、洪江、四大名人，体现了贾平凹对现代城市文化的深刻把握。他把这一群人写活了，写出了城市的颓废气息。西京城与其他城市的最大区别是其传统文化的沉淀特别深厚，为达到批判目的，贾平凹对神秘文化的代表孟云房和孟烬、佛教文化的代表惠明，还有气功大师等人都做了丑化。文化是内隐的、深层的，但较之政治、经济、军事等社会存在，它对社会的演进却起着更为持久、深刻的作用。《废都》中的“废都”是一座曾经辉煌又被遗弃的城市，它横亘在我们民族的文化土壤中，遭受着时代风雨的侵蚀。“废都”象征了秩序的混乱、权力和文化的颓败，这种颓败使废都里的人内心积聚了巨大的紧张、迷茫、焦虑和悲哀。“废都”的时代是迷失自我的时代，固有的文化使它蒙受了被遗弃的羞辱与尴尬，而新的文化又使它产生了难以适应的痛苦。曾镇南认为，作品的卓异奇绝之处在于，一是对当前都市生活中异常广泛的社会现象毫无避讳的真实描写，二是对当代文化人的人生悲剧和精神悲剧的深刻揭示。

《废都》是贾平凹跨出商州、走进西安的创作转型的标志。对贾平凹个人而言，具有重大的意义，对中国文坛而言，同样具有重要的意义。

第二节
全新的艺术法门

进入20世纪90年代以后的中国文学，经过了10年的现代性的“反复回归”以及后现代性的“超前演练”，在商品经济体制的强大支配下，在本质上越来越趋向于后现代文化所设置的“单一物质化”陷阱，表现为文学的媚俗化、商品化、感官化、物欲化等种种文学思潮，这些文学思潮的哲学基础就是物质主义。[①]《废都》无疑是这种思潮的产物，但是，作为一个有深厚历史文化底蕴、经历过新时期启蒙文学洗礼的作家，贾平凹对物质主义这种时代价值取向是深恶痛绝的，面对传统文化与现代文化在碰撞中暴露的双重危机，其自身的文化价值体系遭到致命的

① 许志英，丁帆．中国新时期小说主潮：绪论［M］．北京：人民文学出版社，2002．

解构，这才有了“通过性的故事，讲了一个与性毫不相干”、与现代人的生存文化哲学息息相关的《废都》。启蒙话语在时代浪潮的冲击下，事实上已经暂时搁浅。贾平凹的启蒙文学立场，被迫由社会—文化层面的现代理性与传统感性之间的对抗冲突转化为对个人灵魂的重新审视——个体文化形态的“生命表达”。但是，从小说文本表现的文化本质内涵而言，将其视为一种变形的、隐在的启蒙话语似乎更确切一些。我们从他的创作感受到一种挥之不去的关怀现实主义的可贵品格。

《废都》作为贾平凹创作史上极为重要的作品，它标志着贾平凹在文学观念、审美情感、艺术形式上的大转型，对当代中国文学有着极其独特的艺术价值。现在看来，《废都》不仅具有特殊美学，而且还具有非同寻常的社会学意义，这是由《废都》出现时的文化语境所决定的。对文学大众而言，商品经济浪潮对于中国人的道德底线提出了严峻的挑衅，色情、暴力方面的文化干粮成为普通大众的文化消费代用品，这对于秉持精英文化立场的知识分子，对他们新时期以来在文学领域苦心经营的启蒙话语体系构成了一种反讽。随着商品经济结构的最终确立，世俗化、欲望化的价值立场悄然确立，它首先在城市市民生活中呈现。而对于精英文化代表的知识分子，似乎还没有人真正触及其内心。

贾平凹是揭开这个潘多拉盒子的始作俑者，他使知识分子痛彻地感受到精英立场与平民文化之间那道固有的防线轰然倒塌，知识分子的启蒙霸权在庄之蝶萎缩、堕落的生活中被无情地解构。而后现代话语体系于20世纪80年代末在中国及时的抢滩登陆，为拥有这些新观念的知识分子提供了锐利的学术武器，方便他们站在自己的价值立场，将《废都》的文化意味批驳得体无完肤。

《废都》对中国文坛的影响是深远的。一个最基本的事实是，性文化的藩篱被彻底冲垮，直接导致了后来崛起的女性主义小说如林白的《一个人的战争》等的大行其道，还有更后来的“新新人类”作家如卫慧们的涌现，长篇小说市场从此被激活，彻底扭转了文学疲软的局面。对贾平凹本人而言，《废都》是创作的大转型，是对于改变混混沌沌的艺术境界的一次尝试，也是用“散点透视法”来写作长篇小说的相对饱满的尝试。由此可看出贾平凹对当代小说艺术民族化的积极努力。

1998 年出版的《高老庄》后记中，贾平凹写道：“长期以来，商州的乡下和西安的城镇一直是我写作的根据地，我不会写历史演义的故事，也写不出未来的科学幻想，那样的小说属于别人去写的，我的情结始终在现当代。我的出身和我的生存环境决定了我的平民地位和写作的民间视角，关怀和忧患时下的中国是我的天职。”他是这样思考的，也是这样做的，在此后的几十年里，他的文学创作无不表现这样一种忧患意识。从《浮躁》到《废都》，贾平凹开始构建一种别样的贾氏文化建构样态。看似神情木讷的贾平凹，内心世界却是无比丰盈与澎湃，他从不满足于已有的模式，总是在寻求创新与超越，超越自己，超越既往。《浮躁》出版后，贾平凹再次受到赞誉，但他却已开始反思，思考艺术高于生活的那些更高妙、也更缥缈的存在。贾平凹对自己长篇创作的变化是这样描述的：“《浮躁》受到的普遍赞誉比《废都》要多得多。但我觉得《浮躁》是老小说的写法，也就是五六十年代以来的小说写法，这部小说我觉得意义不是很大，那是严格的现实主义小说的写法。《废都》以后，在我的小说中就出现了一些意象的东西，在《浮躁》的后记里面，我就说我不会再写这种类型的小说。从那以后我就越来越关注一些意象的东西，在作品的思想内容上要有新的东西出现，文学通常走在生活的前面。”①

一个最鲜明的标志，就是《废都》中无所不在的世俗化生活的描写，日常生活中的吃、喝、拉、撒、睡，成为小说最基本的表达内容。此时，贾平凹已经形成了日常生活是一种文化方式的认识，通过写日常生活这种最混沌、最真实、原始的人生状态，来达到用整体象征表达艺术思想之目的。贾平凹尝试通过形而下的描写，达到形而上的境界。为此，贾平凹特意使用了无章节序号的结构，真正实现了他曾经在《浮躁》《妊娠》中想实现而未能实现的境地：“无序而来，苍茫而去。”这种写作手法，是对作家艺术技巧的极大挑战。

17 年之后，李敬泽重读《废都》，写下《庄之蝶论》。李敬泽认为贾平凹的高妙之处在于，他打通了古与今之间的壁障，勾连起了今人与古人相近的生活情致与情感体验，“他复活了中国传统中一系列基本的人生情景、基本的情感模式，复活了传统中人感受世界与人生的眼光和修辞，它们不再仅仅属于古人。我们忽然意识到，这些其实一直在我们心里，我们的基因里就睡着古人，我们无名的酸楚与喜乐与牢骚在《废都》中有名了，却原来古今同慨，先秦明月照着今人”。②

---

① 贾平凹，王尧．在传统与现代之间的新汉语写作［J］．当代作家评论，2002（6）．

② 李敬泽．庄之蝶论［J］．当代作家评论，2009（5）．

第三章

“说话”小说
——《白夜》《土门》《高老庄》

第一节

对城乡社会的时代批判

《废都》带来的奇耻大辱，让贾平凹远遁四川绵阳，住进了绵阳师专的招待所。他有看报的习惯，每天一个人站在学校的报栏前，阅读报纸上隔三岔五发的对他褒贬不一的文章。后来他索性不看了，到沿河的街上去逛，逛累了，想找个东西垫着坐，一阵风刮过来一张报纸，拾过来一看，上面还有骂他的文章。但是早年练就的执拗与顽强支撑着他，他凭着这股顽强挺过来了，并以“默雷止谤，转毁为缘”的孤寂和倔强的心态，冷眼看着世界。也许是天意，就在贾平凹沉浸在魑魅魍魉的艺术想象中，对生死进行极地拷问之时，他遇见了目连戏。目连戏是中国最为古老的戏种之一，是正宗的鬼戏，中国戏曲的活化石，因代表剧目《目连救母》而得名。其特点是场上场下、演员观众、阴间阳间，古与今，人与鬼，随时互动。贾平凹连看了五场，叹为观止，说目连戏不仅有地方特色，有野味，更重要的是能全方位地表现故事，其时空处理非常自如，台上台下都有戏，观众演员从角色到情绪高度一体化。戏中说“引子”的演员很像电影中的旁白者，通过他的引导，观众在历史和现实之间穿梭，就像正在读一部荒诞小说。他回到住地，乘兴凭着记忆画了一幅画：目连戏鬼谱记。好一个“百鬼狰狞，上帝无言”的境界！贾平凹的心灵一时沉浸在与历史文化的无言的交流当中。孟子曰：穷则独善其身，达则兼济天下。旷世的孤独感不存在时空的阻隔，贾平凹需要再次通过创作，书写内心的孤独和悲哀。这就有了《白夜》。

《白夜》是贾平凹的泄愤之作，也是他在《废都》中对于小说艺术与现实人生思考的一个补充和延伸。面对曾经崩溃的文化废墟，文化的重新建构势在必然，通过《白夜》中表现出来的文化景观，我们看到贾平凹重新投入历史的姿态被彰显出来。而他对传统与现代性之间的文化冲突的思考，基本上是站在传统文化的立场上完成的。事实上，与西方发达的理性思辨文化色彩相比，中国文化的思维文化之本质极其感性，一直靠“悟”来提升、完善自我创作的贾平凹已经无法与之分开了。几千年来中国文化的历史行程表现出民族文化传统与外来文化互渗与互补的消长规律，文化道统所拥有的既封闭又开放的魅力，对贾平凹在创作转型之后，及时形成其内在的文化思维机制起到了关键性的制约作用。

《白夜》初稿落笔于 1994 年秋天，终稿的时间是 1995 年春季。从时间上即可看出这是贾平凹还处在《废都》批评阴影之中的精神产品，因而这部小说的创作观念、心态都受到前者的很大制约，从某种意义上说，《白夜》是《废都》的姐妹篇并不为过，因为二者在文本形态上有诸多的相似性，更重要的是，它们都属于心态类小说。《白夜》给了贾平凹创作心理过渡意义上的安慰，使他最终走出了《废都》的阴影，不再自怜自艾。

如果说，《废都》中的庄之蝶因为对现代文明和传统文化的双重绝望，导致其“文化休克”——他在故事结尾时原本要从废都出走，但最终作者选择了让他中风倒地，永远无法离开传统文化的包围——那么《白夜》正是在此基础上，让夜郎在传统文化的窠臼里流连忘返，进一步对包括民间文化在内的传统文明做更深的反思和体察，深刻体现作者当时的创作意图：夜郎的精神苦痛来自社会现实中的物质主义、社会腐败、道德堕落等对人心的侵蚀和伤害，但他对历史的依恋仍然不能安妥他内心的灵魂，所以，他找不到精神归宿，就像再生人的那把钥匙永远寻不到要打开的锁，只能害着夜游症。

人物的心态和情绪是虚的东西，叙事性体裁的小说，只有借助人物文化身份和人物之间的关系及动作来衍化、烘托。人物是文化的载体，永远活在自己所属的文化空间里，所以选择什么样的人物作为表现对象，就能表现什么样的文化形态。《白夜》要表现的是转型时期的当代中国城市社会中人的精神生存状态，因此，主人公是一个对传统文化比较熟悉、依恋的现代人，而且他有机会与各种传统文化打交道，小说通过他的生活将作者对传统文化的态度展现出来。夜郎就是这样，他是现代社会的闲人，文化圈里的混混，但恰恰是这种人，对传统文化有着无限的依恋情结。他热衷于参演失传多年的鬼戏——目连戏，对刘逸山的神秘术数文化佩服不已，又仰慕国画家陆天膺的人格和气节，他与儒家礼制文化的象征——警察汪宽情同手足，与道家文化的象征——祝一鹤情同父子，更与历史的精神贵族的代言人虞白爱得铭心刻骨。就这样，小说的人物关系网是以夜郎为中心，设计了一系列的人物链，并相应衍生出丰富的生活细节，从而将作者需要阐释的文化空间和精神意蕴淋漓尽致地传达出来。

而作为小说最重要的人物，夜郎的文化身份本身也是极其复杂的文化象征。表面上他只是个社会闲人，虽然在图书馆干过管理员、又在鬼戏班当演员，都是临时性的，现代社会行政体制与他基本无关，用他自己的话说："我是闲人，我怕谁。"但他身上有着热血沸腾的一面，处处好打抱不平，急人之所急。与汪宽的迂腐正直相比，他甚至可以为了正义为别人去偷自行车。实际上，作者赋予了他传统文化中弥足珍贵的一种文化性格——侠的风范。侠是中国文化中相当重要的一个概念，它不仅是一种身份标识，更是一种精神，一种性格的象征。侠作为一种文化人格，其最基本的两个性格特点是"酬知己"和"趋人之急"。[①] 司马迁在《史记·游侠列传》中最早对这种游侠精神做了高度评价，认为游侠的行为虽然不合乎正统的价值尺度，但"其言必信，其行必果，已诺必诚，不爱其躯"。即使"令亡者得存死者得生"，他们也"不矜其能，羞伐其德"。然而，夜郎虽然侠义，在现实生活中却难以找到真正的知己，找不到自己的精神归宿，最终陷入了无边的痛苦和孤独。书中用八个字来形容他："天下奇丑，旷世孤独。"并让他在小说结尾时，借他在目连戏里表演的角色精卫鸟之口，喊出了自己的愤怒和苦闷：

如果它不溺死我的女儿身，我是以人的形象享受人的欢

① 蔡翔．侠与义：武侠小说与中国文化［M］．北京：北京十月文艺出版社，1993：292．

悦与烦恼，可它却把我变成现在这个样子，非人非鸟！

这里的象征意味是非常明显的。夜郎的人生悲剧，充满了无尽的忧愤，可以看作作者对传统文化日益式微的一首挽歌，对现实社会存在的文化矛盾的深刻反思。

人是文化的载体，文化受社会结构的制约而形成不同的层次。一般来说，从社会的主要阶层构成和存在状况看，文化的基本存在形态可分为官方文化（政治文化）、精英文化（知识分子文化）、大众文化（民间文化）。“官方文化是所谓的主流文化，本质上它是在社会中占统治地位和支配地位的为官方所认同的思想意识形态。精英文化则是代表了一部分先进知识分子的社会意识形态，大众文化则是一般民众的普遍心态和他们的日常行为所表现的各类规范和思想意识。这三种文化在不同的社会历史时期会呈现不同的关系。”①《白夜》在要求文化形态与人物对应方面是极其严格的。夜郎不能算是知识分子，知识分子在中国一般还是有社会身份和文化角色的，通常处于城市政治文化体制之内。比如小说中的吴清朴，他的社会身份是博物馆的考古专家。祝一鹤是一名教师，虽然曾干过市政府秘书长职位，但小说里只是将这个情节作为他的文化背景来处理，夜郎为祝一鹤写的那副对联“学问能强国黄泉君眼可闭，职称堪杀士红尘吾意难平”即可看出作者对其教师身份的确认。而西京市的东方副市长、图书馆馆长、信访局局长、银行职员等人物形象则是官方文化的代表。小说通过夜郎的视线对这一群人的态度和行为进行描写，作者对主流文化的批判姿态显而易见。要确定夜郎在小说中的文化身份，

① 贺善侃．当代中国转型期社会形态研究［M］．上海：学林出版社，2003：172.

只有归属到民间文化层次才能与他的闲散生活相符，作者正是做了这种艺术处理。我们从夜郎的身份设置这一细节，看到了贾平凹本人一贯持有的平民文化立场。

围绕着民间文化视角，在小说中还能感受到作者对民间世俗文化的深切反思，这体现在暴发户宁洪祥和城市小市民邹云身上。在当时汹涌澎湃的商品经济大潮中，他俩一个是个体经济暴发户，一个是弄潮女，一个猎色，一个逐金，结果共同掉进了欲望的深渊，一个惨死，一个入狱。邹云浅薄粗俗的人生价值观和拜金主义思想是某些下层老百姓思想的现实写照，作者是持批判态度的；而对于金矿主宁洪祥的悲剧，小说一方面讽刺了先富起来的一群人中素质低劣者的张狂可笑甚至道德沦丧，另一方面也借他发迹后请戏班子唱戏显富、大摆酒宴的事件，将老百姓嫌贫妒富的矛盾心理做了生动的揭示。

《白夜》的主要题旨所在，是以夜郎的生活情感为表现对象，传达作者的文化价值立场和精神需求，至此小说已基本上完成了创作的重心。但除此之外，贾平凹在创作上出于一种自觉，对社会文化形态中的精英文化层面始终给予了特别的关注：吴清朴与祝一鹤人物形象就是作者塑造的知识分子典型。作为故事中边缘人物出现的吴清朴，面对经济和情感的压力，他被迫放弃自己热爱的考古专业，下海经商以换取爱情的生存空间，但最后还是失去了想要的爱情。大失所望之余，他重回专业岗位，不料在野外作业时被野蜂蜇死，死后连骨灰也被卷入风中不得其终。吴清朴的命运，是 20 世纪 90 年代以来中国社会结构转型之后知识分子社会地位边缘化的真实写照，同时也反映了贾平凹对这一类知识分子命运的文化思考：他们没有能力在当时的社会中找到自己的社会位置，只有在死后与清风共舞，获得精神的解脱。吴清朴的骨灰最后神秘消失暗示了这一点。而另一个知识分子祝一鹤，从名字上看，“一鹤”二字借的是“青天一鹤见精神”的寓意，这是作者最喜欢的一句诗，由此可见这个人物身上有作者高远的精神寄托。表面上看祝一鹤在小说中的命运似乎很不幸：一个知识分子偶入仕途，却因为无法适应尔虞我诈的官场，成为权力斗争的牺牲品，丢了官位后想回学校又不能，一下子成为社会的多余人，气病之下他变成了植物人，后来服用刘逸山的桃符水，竟然被度化成白白胖胖的老婴儿。事实上作者通过这个人物形象，引申出知识分子的另一种精神出路的可能：面对生存的困境，返璞归真，才是出路。祝一鹤回归婴儿状态，即是对道家精神的呼应，将老子的无为思想灌注到祝一鹤的形象中，可以视作贾平凹在哲学境界上对人生的自我寄托。

小说是语言的艺术，是叙事的文体，贾平凹借小说中人物的命运，体现了自身对历史、现实的心灵感触，这一切都必须借助语言技巧来完成。《白夜》在小说叙事艺术上的探索，建立于《废都》的写作形式之上。《白夜》是一部彻底的悲剧艺术作品，为了达到小说整体使用象征的目的，贾平凹在表现形式上做了多方努力。首先，使用散点透视的空间结构，师法生活本身无结构、看似杂乱无序的自然流动状态，使情节之间的承接无端无绪，似乎没有人为安排的痕迹，而为了弥补这种不足，小说的开头与结尾处又使用了中国传统小说结构中的一些手法，使小说首尾呼应，浑然一体；其次，人物对话大量使用当下的生活口语，而叙事语言多使用经过提炼的、有生活气息又有一定文学色彩的现代汉语，这种写法看似无技巧，实则很难，是对汉语语言的创造性使用；最后，从叙述视点的选择看，小说视点不仅在人物和叙述者之间自由移动，在人物与人物之间自由移动，而且在视点的方位选择上也很自由，充分显示了贾平凹融会中西艺术的叙事技巧之能力。

在叙事风格方面，《白夜》显示了贾平凹朴实、自然、含蓄的文风，小说对世俗化的生活描写，没有做过多的艺术渲染，但在主题意蕴的艺术传达上，总能意表于言外，尽量删去没有必要向读者交代的一些细节，用引而不发的叙述效果，增添了小说的文本阅读魅力。这种艺术上的含蓄之风，正如海明威所说："（艺术）经验不是由细小的情节所传达的东西，而是在内心里保存的，它通过使读者意识到他只有下意识地觉察的东西才具有表示整体的效果。"① 如果一位作家"对于他想写的东西心里很有数，那么他可以省略他所知道的东西，读者呢，只要作者写得真实，会强烈地感受到他所省略的地方，好像作者已经写出来似的。冰山在海里移动很是庄严宏伟，这是因为它只有八分之一露在水面上"。②

值得一提的是，小说的情节节奏对小说在阅读情绪控制分寸也把握得较好，姜白石的词与民间艺术家库老太太的剪纸歌谣，总能在适当的时候插入，打乱读者的阅读进程，迫使读者放慢节奏，对作品的深意进行回味。对此，贾平凹自己也很满意："《白夜》的叙述，我感觉比《废都》磨合得更好。使用语言，不是个形式和技巧的问题，它是对生活、对小说观念的问题。我终于越来越少地能让人看出技巧。"③

① 海明威．"冰山"理论及其他//崔道怡，等．"冰山"理论：对话与潜对话［M］．北京：工人出版社，1986：79.

② 海明威．"冰山"理论及其他//崔道怡，等．"冰山"理论：对话与潜对话［M］．北京：工人出版社，1986：86.

③ 贾平凹，陈泽顺．贾平凹答问录［J］．文学自由谈，1996（1）.

总之，《白夜》作为贾平凹转型后的第一部长篇小说，充满了浓郁的悲剧艺术风格，它在文化气质上与《废都》相衔接的同时，也开始寻找表现新的艺术心灵空间，并在艺术形式的探索上迈出了更为坚实的一步。

《白夜》面世后不久，责任编辑陈泽顺采访了贾平凹，当问及贾平凹将来的创作打算时，他十分明确地回答："自己的下一部作品不会再像《废都》《白夜》这样的写法了，一定得变一变。"① 事实正是如此，在艺术上永远喜新厌旧的贾平凹，一方面喜欢连续一段时间使用相近的创作手法，譬如他 20 世纪 80 年代中期创作"商州"系列的情形；另一方面，他又会很快厌倦这种写法，一定要寻求新的艺术表现形式，譬如写完《浮躁》后他立即写了《妊娠》，而这两部小说在创作观念和形式上几乎是两个极端。因此，不断超越自我，是一个作家艺术上最根本的动力。有了《白夜》在创作情感上的充分沉淀，贾平凹基本上走出了外界现实给他个人带来的心理阴影，能够以相对平常的心态进入新的创作空间。

《土门》和《高老庄》是贾平凹调整创作状态后的一个阶段性创作成绩。我们可以看到，他在《浮躁》中体现出对社会转型过程中当代中国命运的深切关注与忧患意识，又重新成为他创作视域的焦点，只是时代在不断发展，社会的经济、政治、文化的形态结构在不断地调整，贾平凹的创作思想和形态自然也随之调整。当然一个重要的创作前提是，1996 年 1 月 12 日到月底，整整 18 天的时间里，贾平凹由中国作家协会党组安排，到江浙发达经济示范区进行考察。贾平凹在风雪严冬走过江苏重要的经

---

① 贾平凹，陈泽顺．贾平凹答问录［J］．文学自由谈，1996（1）．

济示范区，农民企业家敢作敢为的气魄，给了他深刻的印象，在创作思想、人物性格刻画、细节提供等方面给了他很大的启发。

对应于主流文化话语，如果说《浮躁》在文化主题上是个正题，《废都》《白夜》是一个反题，那么，《土门》《高老庄》就是一个走向合题的过程，他将现实历史中乡村文明与都市文明之间的尖锐冲突纳入自己的创作视野，通过小说艺术形式完成自己的思考。从《土门》和《高老庄》的创作观念看，二者共同思考的是，乡村文明与都市文明在中国现代化进程中，给现代人带来的巨大心灵冲击。但二者的着眼点不同。《土门》聚焦于城乡交界地带的仁厚村，写出了以成义和梅梅为代表的村民誓死捍卫传统文化的悲壮。他们极力阻止西京城里的房地产开发商对仁厚村的土地征用，成义为此还付出了生命的代价，但最终仍然没能改变村子被消灭的命运。小说揭示的是每一片城乡交界处都将面临的残酷现实：城市的发展使这里的土地无可避免地被大规模开发，农民祖祖辈辈赖以生存的土地被城市征用，充满诗意的农家炊烟和田园风光，在推土机的轰鸣声中化作乌有，作为传统文化精神之根的象征——乡村，被现代过程中的城市文明几乎淹没了。这不仅意味着以土地为生存之本的农民将从此改变生活方式，更重要的是小说显示了贾平凹对现代文明的负面效应的警觉，批判了人类文化现代化过程中以付出传统为代价的现象。现代化没有温情可言，它以强制性的方式挟持着抵制它的群体随自己的步伐向前迈进。而作者在这场文明大会战中的情感态度也是极其复杂的，他既理性地认识到现代化过程中的必要性和历史性是不可逆转的，但在感情上很显然对传统文明有更多的留恋，例如文中写到成义身上的侠义精神、梅梅收藏的明清家具，还有明王阵鼓、新出土的明清石碑、云林爷治疗肝病的神奇中草药方，等等。贾平凹以伤感的笔调，书写了乡村文明的幽深绵长，写出了历史的深厚韵味。另外，他对有些农民作为小农生产者固有的狭隘、盲目自大、守成，也不无警醒，比如成义的阴阳手、梅梅的尾骨突出症、眉子被逼疯等情节和细节设计都是作者对这种传统文明中的愚顽和落后现象的批判。

与《白夜》有所衔接的是，为了加强小说的理性思维成分，贾平凹设计了两个边缘知识分子形象，老冉和范景全。这两个人物形象，一方面帮助作者借人物之口将自己对两种文化冲突的思考和盘托出；另一方面对知识分子在时代变革面前软弱无能的个性本身也做了批判。老冉是农科所的研究员，他是从仁厚村走出去的知识分子，却对仁厚村的命运漠不关心，丧失了知识分子应有的人文关怀精神，他的形象是迂腐猥琐的，面对所爱的女人，他懦弱、无能到性早泄，而且还患有令梅梅恶心的痔疮——作者将他贬低得连基本的健康生存能力都丧失了；范景全是老冉的同事，也是知识分子，年纪轻轻就长了满头的白发，他喜欢写小说，却从来没有发表过，时常成为众人的笑料。他有人文关怀意识，对仁厚村的命运表示关心，但是他提出的关于让仁厚村建设成“神禾源”的理想设计方案，在小说里显得那么苍白无力，并不能真正解救危机中的仁厚村。在巨大的社会变革与政治、经济的权利场中，范景全的形象更映照出了边缘化的知识分子的渺小。

贾平凹通过这两个知识分子形象的塑造，暗示了社会转型过程中的一部分知识分子，由于其自身的缺陷，无法冲向社会的主战场，既不能像经济弄潮儿一样实现发财致富的梦想，也不能向现代历史上的爱国志士那样成就振臂救世的壮举，他们的人格力量和内在潜能已经丧失，这就决定其被时代嘲弄的必然命运。

《土门》发表之后，评论界开始出现反响，对作品肯定的声音多起来了，甚至一些激烈批判过《废都》的学者也注意到贾平凹创作中的深刻文化内涵，[①] 认为需要重新评价贾平凹的创作。在这样的现实写作氛围中，贾平凹能够以较为放松的心态，进一步思考关于传统农业社会走向现代化过程中，传统与现代两种文明对现时代农村人生存状况的影响的话题。在主题的开掘上，贾平凹将创作视角定格在最为熟悉的故乡商州，以此为创作原型，建立了一个叫高老庄的偏远农村。小说作为卷入现实的艺术隧道，“高老庄”式地传达了作者关于现实、历史、生存、发展等文化命题的思考。小说是在一个历史文化深厚的背景中展开的，高老庄是一个有着悠久文化历史的古老乡村，号称是纯种的汉人部落，先人多高大威猛，尚武、崇义、好德、尊神，过着天人合一的农村宗法社会生活。但历史发展到现代，高老庄的人种出现了严重的退化，村里人一代比一代矮；和谐淳朴的民风，为现时代快速发展的经济刺激下的贪婪所破坏。一方面，传统文化铸造的国民劣根性，使古老的村庄在现代社会的生存和发展中，遭遇到了阻碍和尴尬；另一方面，优良的文化传统也同时遭遇到仍然贫穷落后的现代农村社会的践踏。这就是贾平凹在小说中所要传达的主旨。从这里我们可以发现贾平凹的文化思考比《土门》时期更沉入历史和现实的纵深处，将人性与人的生存困惑挖掘得更深了。

但小说更为精彩的是作者出色的艺术“化境”。首先是将整个中国的现实环境实化为高老庄，以乡村的视角来观看农业社会的中国如何现代化、城市化，这是一个极其创新的艺术视角，这

---

① 韩毓海．从《废都》到《白夜》［J］．小说评论，1996（1）．

种艺术情境的设置，使整个小说有一种寓言式的意味。关于“高老庄”这一小说的空间场所，作者一方面借用猪八戒来自高老庄的文学典故，将之设定为肮脏懒惰的猪的故乡，另一方面又用反讽的手法，让越来越矮化的人住在高老庄里，表明自己对纯粹的文化传统致使汉民族人种退化的忧虑和反思。主人公高子路从家乡出去，在省城大学奋斗成为一名汉语语言教授，他已经意识到高老庄人种退化的问题，便娶了一个年纪轻、身材高的美女西夏，企图以此来改良后代。故事便是从他携妻返乡参加父亲去世三周年祭奠活动开始的。然而，子路回到家乡后却以惊人的速度又回归成了一个地道的高老庄人，他后天获得的现代文化修养在高老庄本土文化的强大围攻中不战自败。子路作为一个久受现代文化熏陶的现代文明人都是如此，世代生活在这片土地上的子民，受乡村文明的浸淫之深就可想而知。作者在这里触及中国现代性问题中最复杂、最深层的一个重大文化命题：究竟是什么力量在支配乡村民间的生活，对生活在其中的人产生如此重大的影响？从子路还乡所见到的风土人情和西夏收集到的碑石刻下的民间历史中，我们能够感受到高老庄的现实生存状态，高老庄并没有因为国家改革在发达城市及周边地区引起的社会、经济、文化形态结构的转型而发生相应的改变，它还处于一个相对封闭落后的境况。因而，传统的文化习俗、日常生活、风情和信仰依然支配着高老庄并产生强大的侵蚀力，而这恰恰是中国在现代化进程中被遮蔽的文化死角。

子路的妻子西夏在省博物馆工作，是一位有较高城市文明修养的知识女性，性格开朗大方、热情随和。由于工作关系，她对历史文化有本能的好感和兴趣，在精神上能自由穿梭于文化历史和生存的现代空间中，具有现代人开放、宽容的美好品格。作为现代外来文化的化身，她是作者文化理想的寄托。她随丈夫回到高老庄之后，对民间文化的优劣具有清醒的辨析能力，在价值立场和情感态度上爱憎分明。是她首先发现了高老庄用碑石篆刻下来的历史，而这些碑石却被高老庄的人用来建厕所、垫猪圈。也是她最能够理解并出面保护被当地村民所不容的“坏女人”苏红，还是她积极为具有民间侠士精神的本土农民企业家蔡老黑出谋献策，挽救濒临倒闭的葡萄种植园，为高老庄的未来经济发展做出努力。她的热情和宽容与子路对家乡的冷漠与自私形成了鲜明的反差。

在人物的关系结构中，《高老庄》子路还有一个前妻叫菊娃，他们有一个瘫痪的儿子叫石头，两人因为性格不合离异后，菊娃仍带着孩子住在高老庄的婆家。村里办了一个木板厂，老板是从省城来的王文龙，他与一个从省城打工回来的本地女人苏红联合办厂，周旋在村、镇、县三级基层权力关系中。在感情上，他爱上了菊娃并主动帮助她开了一家杂货店谋生。本土企业家蔡老黑与王文龙矛盾尖锐，他最清醒地意识到木板厂对本土农民的生存必将带来无穷的后患，而且他虽然有家室，但也对菊娃情有独钟，这加剧了二者之间的矛盾。小说的情节主线之一就是以此来展开的。

人物关系中，菊娃、西夏、子路是最重要的三角形的人物关系，是作者文化追寻和文化建构的一个象征体系。菊娃是作为传统而又正在变异的乡村文化的代表，西夏是城市文化、现代文明的化身，子路则是由乡而城的过渡性文化典型，三者组合在一起，就构成了以菊娃为起点，西夏为终端，子路为连接过程的一个线性的文化认知图式。[①] 这是许多当代出身于农村的知识分子

① 肖云儒．贾平凹长篇系列中的《高老庄》．当代作家评论，1999（2）．

的心路历程和文化转型过程的形象写照。菊娃和西夏的身份具有双重意味，一方面，从小说文化内涵来看，她们是子路人生道路和文化思想的两个端点，是静态的；另一方面，从小说情节本身看，她们又处在和子路一样的文化转型和文化建构的动态过程之中，充当作者文化建构体系中的坐标，有自己独立的文化意义功能。菊娃处在以传统文化为体（她一直生活在高老庄），以现代市场为用（比如木板场需要她的店面供应草绳用于包扎）的文化建构场中，小说通过她及王文龙、苏红、蔡老黑的人际关系和感情纠葛，与乡村中的新经济、新的社会因子发生碰撞、融会，又通过她回眸审视自己与子路的婚姻，和西夏在对照中的趋近、认同，促成新的眼光和情怀的萌发。她的宽容大度，既有农业文明的古典美，又有对现代情感操作方式的一定接纳、认同、适应。西夏则是处在以城市现代文化为本体，以传统乡村文化为用的建构过程，对当代知识分子而言，这是一个逆动的过程，但恰恰显示了历史合理发展的规律，是一种文化人格成熟的标志。

《高老庄》在艺术上较为成功，这种成功建立在作者对前一时期创作经验的有效积累之上。贾平凹运用在《废都》和《白夜》中已经操练得较为熟悉的“说话”小说形式，通过琐碎的日常生活场景描写展现深刻的文化命题。而他在《土门》中展示的强烈的入世精神和现实的人文关怀态度，在《高老庄》中表达得更深入、细腻，使这部小说在艺术上增添了更深厚的现实意义，由此获得了一种经典性的现实主义品格。小说是大众的艺术，从农业社会文明中走出来的现代中国，其文学创作越深入表现农民大众的现实生存状况，也就越能深入读者的心灵，也就越能记录下一个时代的踪迹，从而使作品获得一种历史主义品格。

但《高老庄》并不是一部十全十美的小说，它的遗憾之处不少。其中最明显的破绽就在贾平凹处理人物情感的分寸方面，像当年的《废都》一样，对某些以作家生活为蓝本的故事情节和有关的人物形象，他总是会不自觉地混淆作者个人生活和艺术人物形象之间的情感，把个人的生活情感等同于人物情感，却不顾及这种情感过剩对人物形象的艺术损害。子路作为作家自我的一个影子是毫无疑问的，他对菊娃的情感态度，很显然是贾平凹自己对前妻韩俊芳的态度表白，在处理子路与菊娃的情感关系描写上，就烙上了极深的个人生活印记，使菊娃与子路在相互具有关系的文化图式上的正确传达大打折扣。我们说这是自恋也好，是创作上的心理障碍也好，总之这种遗憾从《废都》延续至《高老庄》。

与《高老庄》相比，《土门》的不足之处更为明显。首先是其在创作心态上比较松散，总是出现游离于主题之外为幽默而幽默的细节。其次是其对日常生活场景展示得不够充分，这是因为作者选取了第一人称的叙述方式来讲故事，叙述视角总是被局限在一个年轻农村女性“梅梅”——“我”身上，这就大大限制了作品的艺术表现视野。而贾平凹第一次尝试整部的小说中单纯用一个年轻女性的眼光来观照世界，毕竟男女有别，他还不能完全掌握女性的情感世界和关照世界的心理和方式，所以在叙述上总给人一种不伦不类的感觉，事实证明这种尝试是失败的。所以在《高老庄》中贾平凹动用了子路和西夏两个视角交叉地叙述故事，让叙述视点主要集中在这二人身上，彼此互为呼应，较好地为小说的艺术主旨服务。

当然，作为贾平凹在创作心态上由内向外转型的关键标志，《土门》对贾平凹本人是极其重要的，他敏锐地发现了现存文化的重大矛盾后，特别兴奋，没有成熟地进行艺术上的思考和沉淀，就急急忙忙将其写了出来，这固然不妥，但他同时在小说艺术上进行了一些自我创新，又弥补了这种缺憾。一个比较大的收获是，他尝试使用意识流手法，在写人物对话时，除了描述对话本身，还在对话过程中插写了说话人（主要是主人公“我”）眼里看到的一些景物，或者是说话人的心理活动，使人物的内心情感世界展示得更为充分。而且在叙事空间上，贾平凹运用了分割法，将时空切割交错开来，有意识地打乱读者的阅读思维和顺序，达到与所要表达的主题呼应的效果。小说在整体象征与局部象征关系和细节的技术处理上，水准不低于《白夜》，只不过象征物本身的艺术格局偏于狭小，而这与叙述技巧无关。在贾平凹的长篇小说创作中，用现代艺术手法营造小说氛围，对于一个善于使用传统艺术表现手法的作家来说，这种探索精神弥足珍贵。

第二节

现代 “说话” 小说模式的探索

如果说，《废都》是作者对两种文化的双重观照批判导致的双重文化绝望，且作者开始清醒地意识到现代文化本身固有的悖论，在《白夜》中，贾平凹下意识地转身回到了古典。古典小说文本的形式和技法，对他有极大启发，他开始探索古典形式如何与现代技巧相结合。从这个意义上说，审美现代性对于他的影响，在文化批判的内涵和叙事方式上逐渐趋于统一。他已经初步建立了一种在中国传统哲学境界基础上的文体观、形式观。

周作人说：“新小说与旧小说的区别，思想固然重要，形式也甚重要。”《白夜》《土门》《高老庄》是贾平凹关于交融现代性与民族性艺术的小说形式的进一步探索，他在《废都》小说创作实践的基础上，将一种新型的小说范式——现代“说话”

形式的小说进一步做了完善，甚至使之近于完美。这种小说范式的文本特点是，小说在作者整体性、综合性的传统艺术思维机制的观照下，立足于“超位透视”的叙事策略，用生活化的语言模拟、还原生活，写出原生态生活的流动感、混沌感。而这种生活化的语言，是作者把经过精心提炼的生活口语，与带有雅涩与古意的半白半文言相杂揉而成。这种小说范式，用贾平凹自己的话来概括，就是：“没有扎眼的结构又没有华丽的技巧，丧失了往昔的秀丽和清晰，无序而来，苍茫而去，汤汤水水又黏黏糊糊。”他针对当时文坛流行的“太像小说”和“做小说”的小说技巧流弊，从平常亲朋好友生活中的对话中悟出，“说平平常常的生活事，是不需要技巧的，生活本身就是故事，故事里面有它的技巧。……《白夜》的说话，就是基于这种说话的基础上来说的。……这样的说话，我是从另外一部长篇小说（《废都》）开始的。它表面上看并不乍艳，骨子里却并不旧（因旧名而实与古异），平平常常正是我的初衷”。这种小说一方面消解了小说形式与生活之间的篱笆，使故事与生活完全拥抱，另一方面小说作为虚构的艺术，“像一面镜子，当人们早上起来面对着镜子梳头、刮脸或挤脸上的疖子时，镜子的意义已经没有，面对的只是自己或脸上的疖子”。而这正是作者希望达到的艺术目的。这种世俗化的写作方式，很容易让人忽略了它的美学价值，但我们从美学效果上看，这种小说确实已经接近了尼采所说的那种最高的美学意境。尼采说，最高贵的美，是那种渐渐渗进的美，人几乎不知不觉把它带走，一度在梦中与它重逢，可是在它悄悄久留我们心中后，它就会完全占有我们。这就是贾平凹独创的现代“说话”小说的奇异之处。

“说话”小说作为一种文化，从其文字历史起源上看，“说”

与“话”放在一起，始见于唐郭湜的《高力士传》：

上元元年七月，太上皇（玄宗）移仗西内安置。每日上皇与高公亲看扫除庭院、芟薙草木。或讲经论议转变说话，虽不近文律，终冀悦圣情。①

这种说话艺术，是我国话本小说概念在佛教经文中的起源，唐代的僧人为了普及佛教创造的一种大众化经义读本，后来在宋代逐渐演变成为民间白话文学——话本小说。而贾平凹的现代“说话”小说，从其现有的形态看，无疑是受到宋元话本小说以及受其影响的明清章回体长篇小说的启发和影响。中国古典小说本身有两个历史源头：文言小说和白话小说，文言小说取法史传和辞赋，白话小说沿于俗讲和说书，二者平行发展。但到了明代晚期以后又互相影响，各自消长起伏，二者在本质上与载道的诗文相比，都属于边缘文体，都是通俗消遣的读物，这决定了古典小说的民间性本质。另外，正因为远离主流意识形态，小说作者较少受到载道意识的约束，其创作自由度更大，可以大胆地借鉴吸收各种文体的特长进入小说创作领域，包括《史记》中的春秋笔法，诗歌的抒情特性，丰富的想象力，并直接引诗词入小说，都大大丰富了小说文体的表现力。尤其是白话小说，在晚明之后，随着社会对通俗小说认识的不断深化，人们摒弃了对小说根深蒂固的偏见，认为其同样可以不朽。文人开始加入通俗白话小说的独立创作中，从此将中国古典小说推向了高潮，② 小说的

---

① 高思嘉．唐宋说话的演变［J］．四川师范大学学报（社会科学版），1996（2）；伏俊琏．论变文与讲经文的关系［J］．敦煌研究，1999（3）．

② 董国炎．荡子·柔情·童心：明代小说思潮［M］．太原：北岳文艺出版社，1992．

载道与娱乐的功能开始结合。明代四大奇书《水浒》《三国演义》《西游记》《金瓶梅》都是以通俗说话为特色，特别是以《金瓶梅》为代表的世情小说，使用文人叙事手法描写城市市井生活，对贾平凹的启发比较大。

《白夜》是贾平凹在《废都》写作方式的基础之上进一步探索如何叙述现代城市的小说，《高老庄》则是作者在《白夜》的经验基础上，将这种“说话”形式，由古代只用来描写城市世情，大胆地实践到描写中国宗法家庭为结构的农村社会，并且这次尝试较为成功。与《废都》有所相同的是，《白夜》《高老庄》都选择了家庭空间作为组织小说结构的中心。在宗法制统治了几千年的中国社会，家庭在中国文化体系中占有重要地位，因为家与国的社会职能在本质上是同构的，而家既可作为公共的社会政治经济领域，又是私人的日常生活场所。以家作为小说结构的中心，一方面有利于建立小说结构上的整体感，并由此辐射开去，扩展到整个社会生活的各个层面，涉及三教九流；另一方面又方便将国事要闻转为家庭琐事，借助家庭这个特殊的叙事空间，不论是在小说的文化寓意，还是小说的叙事角度上，家与国之间的概念都可转换。小说以既是写实又是象征的家庭为背景、在日常琐事中发掘灵魂深处的隐秘世界、展现广阔的社会生活和风俗场景这一特点，是贾平凹借鉴明代世情小说《金瓶梅》最明显的地方。从空间结构上看，这是一种类似于中国绘画技巧的散点透视法，它的特点是通过以虚写实，展示人物的心态，将小说中的人物不断地放到一些分散的场景中让其动作、对话，以此表现其心态或性格，而不是通过人物与事件的关系推动情节发展，展示人物性格。但是对这一艺术方法，贾平凹是创新性地继承过来的。《白夜》中人物活动场景的独特之处，就是以家庭场景为主，以社会场景为辅，将夜郎、虞白、宽哥、陆天膺、祝一鹤等主要人物的活动都放到几个家庭场所内，以利于表现虚的情感心态，而像吴清朴开的饺子馆、宁洪祥开的金矿公司、颜铭所在的模特队等人物活动比较多的社会场景，主要用来烘托时代的氛围。这是一石二鸟之举，小说顺便也将社会的黑暗面做了批判。《高老庄》中小说的家庭场景则以子路家为主，通过给子路的父亲过三周年忌日，家里大办酒席，让高老庄里所有重要人物都亮了相。而且我们前文所提到的城乡文化过渡者、乡村变异文化的代表、城市先进文化的代表，这三种文化图式的对应者子路、菊娃、西夏之间的文化内涵，主要通过这个活动舞台清晰地传达出来。而社会场景主要有集市、木板厂、看戏、修塔、哄抢林木等场景，这些场面看似杂乱无序，但通过女主人公西夏在这些场景中一走动，使一切都成为有机的联系。

这种以散点透视为主，散中又有聚的小说结构方式，是贾平凹巧妙地将中国的散点透视法与西方的结构主义有机融合的结果，实践证明这种小说结构的艺术承载量极大，是可行的。关于人物关系的铺设与人物形象的刻画，贾平凹在很多时候借鉴了古典小说中的技法。古典小说中用来塑造人物形象的技法非常之多，比如，小说写英雄形象时，多喜欢“用极近人之笔——按照人的方式塑造英雄形象”,[①] 使英雄有了凡人的可爱；写女性形象，或者像《红楼梦》里写王熙凤那样，用“先声夺人”法，或者像张竹坡点评《金瓶梅》中为刻画潘金莲的形象使用的“耍狮抛球，射箭立地”手法，后者的意思是小说的本意在于写狮子——主要角色，但偏偏花笔墨去写逗狮的球——次要角色，

① 宁宗一．中国小说学通论［M］．合肥：安徽教育出版社，1995：973.

但这种写法反而比直接写狮子——主要角色的艺术效果要好，这是一种以虚写实的人物技法。另外还有“背面铺粉法”——对比映衬，这是金圣叹评点《水浒》中“如要衬宋江奸诈，不觉写李逵真率，要衬石秀尖利，不觉写作杨雄胡涂是也”①。这也是一种以虚写实的技法。比如《白夜》里对虞白与她的好朋友丁琳的性格与关系的描写，作者让两个人的性格一静一动。对比中，由丁琳当虞白的陪衬，既突出了主人公，又给读者留下了深刻的印象。在《高老庄》中，子路在外形和性格上与西夏形成鲜明的对比，用的也是这种手法来突出西夏。

而对于《白夜》中高古飘逸的国画家陆天膺，作者又用了另一种以虚写实的手法——“善写妙人者不于有处写”，② 这是毛宗岗总结《三国演义》当中塑造孔明形象时所说的一种方法，意思是欲写孔明却偏偏避开孔明，而通过孔明之居、之友、之弟等来表现其古淡高远的性格风貌。《白夜》则是先通过夜郎和吴清朴的对话，给读者勾勒出陆天膺超脱、高远的名士形象，然后又通过夜郎到他家拜访的机会，利用他的视线进一步从陆天膺的居所特色获得印证，当写到他本人出现时，却是通过重点写他养的一只墨猴的机灵乖巧衬托主人的雅趣。最后写到他临走时的动作，又用了一下虚笔：他自己不与客人告辞，径自回卧室，却让他年轻漂亮的夫人出来送客，以显示自己的别样性情。这叫隐而愈显。在《高老庄》中也有这种烘托、陪衬法，不过不是写“妙人”，而是为了突出乡村新女性苏红“狐狸精”的形象，写苏红对于男人奇特的性吸引力，通过写一个叫“鹿茂”的男人，

① 宁宗一. 中国小说学通论［M］. 合肥：安徽教育出版社，1995：1011.

② 宁宗一. 中国小说学通论［M］. 合肥：安徽教育出版社，1995：1006.

为了争取到苏红所在的地板厂上班，为苏红鞍前马后效劳，原本很结实的身体在极短的时间内变成了药罐子，一副病蔫蔫的样子。

贾平凹在设计主人公形象时也很讲究机巧，比如《白夜》一方面像《红楼梦》那样，将抒情美学特征整合进入日常生活叙事，使小说充满了诗情画意；另一方面又将被古代世情小说驱除出去的英雄传奇色彩纳入进来，大大拓展了现代城市小说的古典文化内涵，同时也满足了读者渴望获得英雄的正义感之文化心理，这表现在主人公夜郎的游侠形象设计上。因为对现实生存空间的苦闷和不满，夜郎成了城市飘荡的灵魂，必要时还能“铁肩担道义，妙手著文章”。这个人物可以说是整部小说的灵魂，他身上的侠义精神，不仅仅是当作传奇色彩来点缀那么简单，而是有更深的文化象征内涵，关于这一点论文前一章已有论述。我们在此需要强调的是，让带有文化象征意味的传奇人物融入世俗化的城市空间，而且特意让他在小说一开始，与僵滞的社会道德理性代言人——警察汪宽，作为夜郎好友同时出场，这是贾平凹企图以濒临失传的墨家文化传统拯救颓废的现代都市的一种艺术理想。

如果说贾平凹的小说被多数的古典写作技巧所覆盖，我们读起来势必感到这不是当代小说，它离这个现实生存世界很遥远、很陌生。但事实恰恰相反，《白夜》尽管充满了悲凉之气，有一种古典美，但这与艺术对当代生活的真实反映并不矛盾，读者能强烈地感受到故事的生活质感。《高老庄》中发生的故事仿佛就在我们身边，栩栩如生。小说能产生这样逼真的艺术效果，除了与现实生活题材有密切关系外，还主要取决于作者对现代叙事艺术的合理使用和其生动鲜活的小说语言。

贾平凹的现代叙事技巧，早在《天狗》的写作时代就颇见功力了，现在的问题是如何在一部古典的长篇“说话”小说形式中有机使用现代叙事技巧。在这个问题上，我们通过他在小说开头做的精心布局，就可略见一斑。比如《白夜》是这样写的：

宽哥认识夜郎的那一个秋天，再生人来到了西京。

再生人的胸前挂着钥匙，黄灿灿的一把铜的钥匙——挂钥匙的只有迷家的孩子——端直地往竹笆街七号，去开戚老太太的门上锁。锁是暗锁，左一拧右一拧启不开，再生人就呐喊了。阿惠，阿惠。戚老太太从里边把门打开，当下就怵住，正编织的竹门帘子将一头线绳往架子钩上挂，没挂住，唏哩哗啦掉下来。我是□□，你上一世的男人呀，阿惠！一夜夫妻百日恩的，一直想来见见的，就来了，这钥匙怎么就开不开锁了?!再生人怀里还抱着一架古琴的，是弹《阳关三叠》的那类琴，“叮咚”地拨了一下，就嘿嘿地笑，说这条街没大变化嘛，过去家家以竹编为活，现在还是，他那时候编门帘，编筛箩，编扇子，编床席，十二层的小蒸笼不点灯搭火也能摸黑编的。

……

这本是一段传奇，小小的竹笆街立刻传开，新闻又很快蔓延全城。宽哥在酒店里和夜郎喝酒，吃热了，将这事说出来。夜郎冷笑了一下，歪起头听店堂里的琵琶声。

这一段至关重要。好的小说开头是成功的基础，也最能体现作家的功力。作为一种阅读文体，小说文本的表面结构是由一系列的语句串联而成的连贯序列，就像河水一样缓缓地流动，语句流隐含着某种确定的阅读速度和节奏，某一表达信息的特定次序，指导读者的注意力，控制他的记忆。[1] 因此，对阅读信息顺序的安排特别强调小说开头的第一句话能与后面的所有内容有关联，关联得越多，信息涵盖量就越大，小说的艺术张力也就越强，“宽哥认识夜郎的那一个秋天，再生人来到了西京”一共 20 个字，但读者能获得的信息有：小说最重要的两个人物，故事发生的时间、地点，还有一个令人产生浓厚兴趣的独特的人物“再生人”，在小说阅读上制造出了悬念效果，为接下来的写作和阅读提供了充分的修辞理由和心理准备。熟悉现代日本作家川端康成小说的人，很容易发现川端康成小说的开头写法正是这样，对贾平凹的影响由此可见一斑。但接下来就是贾平凹自己的独创了。关于“再生人”的传说，与民间的灵魂信仰有关，但主要来源于佛教的教义，该教义认为“众生莫不辗转生死于天、人、阿修罗、地狱、饿鬼、畜生六道中，如车轮之旋转不停，亦即所谓轮回。中国古代民间信仰借用此说，主要取人转为鬼、鬼重新做人或动物的观点，将鬼投胎重新做人或动物称为转世投生”[2]。贾平凹巧妙地利用这种古老的民间传说，首先在阅读效果上添加了一种传奇和神秘的色彩，增加了文本的可读性，而更重要的是，作者利用再生人重返我们读者的现实生存空间，有意将古代与现代的时间距离拉近，与小说中写到的“目连戏”这种鬼戏在艺术观念上打通，同时，又将现实生活中的人物夜郎和虞白，与再生人之间利用古琴、钥匙、音乐、梦游等小说道具或相关情节加以附会穿凿，使现实生活中的人因为苦闷而渴望精神再生，

① 罗杰·福勒．语言学与小说［M］．於宁，等，译．重庆：重庆出版社，1991：49.

② 许祥麟．中国鬼戏［M］．天津：天津教育出版社，1997：261.

而再生又不得所求的痛苦，借助虚幻的艺术形式表现出来，这才是作者真正要传达的题旨，这种融古今于一体、阴阳于一世的奇妙艺术构思，是贾平凹巨大的艺术创新精神之所在。

《高老庄》的开头则选择了另一种模式：

子路决定了回高老庄，高老庄北五里地的稷甲岭发生了崖崩。稷甲岭常常发生崖崩，但这一次情形十分严重，黄昏的时候有人看见了一个椭圆形的东西在葡萄园的上空旋转接着一声巨响，像地震一般，骥林娘放在檐簸上晾米的瓦盆当即就跌碎。双鱼家的山墙头掉下来一块砖，砸着卧在墙下酣睡的母猪，母猪就流产了。而镇上所有人家的门环，在那一瞬间都哐啷哐啷地一齐摇动。迷糊叔也看到了那个椭圆形的飞行物，坚持认为那是一顶草帽，崖崩一定与那个草帽有关，因为当年他之所以在白云湫杀人，就是也看见这样的草帽。高老庄镇的镇长，他是有文化的，当然要批评迷糊叔，一面解释这可能是飞碟，近年里商州地面上已经多次发现飞碟的报道，不足为怪；一面察看了崖崩现场，将崖石埋没的三十亩水田写成了五十亩水田和一条灌溉渠的重大灾情报告，紧急申请着县政府的救济。

这天夜里，菊娃抱着双腿残疾的儿子和婆婆在院里看天象，还说着白日里的崖崩。就在米碗里插着三根高香，感念起崖崩埋没了那么多的水田，眼看就要埋没到祖坟，却没有埋没，这都是神灵的保佑，要不，孩子的爷爷快要过三周年忌日了，那可怎么得了？顺善路过院门口，鼻子凑凑，闻到了高香的荃味，也笑眯眯地蜇脚进来……

小说的第一句话也很关键。“子路决定了回高老庄，高老庄北五里地的稷甲岭发生了崖崩。”它交代了故事发生的地点和人物，子路不在高老庄，但那儿是他的家乡，这个地方很神秘，因为有崖崩。而崖崩是什么，读者一般不知道，这就自然有了了解的欲望。接下来作者在介绍崖崩的时候，将崖崩现象与另一种奇异的现象飞碟联系在一起，并且用农家人的日常物用与家畜作为烘托对象，极富动感地表现了崖崩的过程（这种场面描写，与《白夜》里的开头，戚老太太从房子里伸出头招呼再生人时，写竹帘子的效果是一样的）。写崖崩时引出了一个重要的次要人物迷糊叔，又由他引出关于白云湫的事，为后来的故事情节埋下了伏笔。而在叙述神秘的崖崩和飞碟的同时，作者又很自然地通过描写迷糊叔与镇长关于崖崩话题的谈话，从镇长的行政官员的社会角色入手，将自然现象顺利地过渡到了社会生活中来。短短的一段开头，日常现实生活与神奇的自然景观水乳交融，给读者铺设了一个还处在封闭落后、原始的现代农村，预示了这样的环境里生活的人，都必然受到来自神秘自然与社会现实的双重制约。而这只是小说的表层叙事结构，就文化的象征意味而言，开头这一段里提到的崖崩、飞碟、白云湫，都有特定的象征内涵。崖崩不仅是自然现象，更是预示着高老庄传统文化根基的崩溃，而崖崩时出现的飞碟则意味着高老庄之外的现代力量，它能诱发传统文化的崩溃。白云湫在后面的情节中不断被提及，是一种神秘莫测、无法接近、不可捉摸的一种力量的象征，在历史、现实、心灵幽暗的深处，确实存在着一个人类无法把握、不可解说的世界。

在顺利完成故事的背景交代之后，小说的第二段很快过渡到生活写实，而这一段也不是闲笔，处处藏着玄机。在段落与段落之间过渡时，和《白夜》的开头描写一样，小说运用了粘连的修辞手法，即由上一段的某个人或某件事做粘连词，将话题自然地转到另一个场景或话题上。《白夜》中开头第一段与第二段之间的粘连词是“再生人”，而《高老庄》第一段与第二段的粘连词是“崖崩”，因为第一段说了崖崩，第二段接着写谈论崖崩话题的人及其所在的场所，就不会显得突兀了。但这只是叙述修辞上的策略，完成了段落之间顺利的过渡后，读者的目光马上被吸引到了子路家的日常生活细节描写上，了解子路的妻子菊娃（实际上是前妻，小说故意到后面通过其他方式作了交代，这里设计了一个身份上的悬念，而菊娃与子路离婚不离家，也暗示了菊娃与子路之间的复杂关系和情感），并通过菊娃烧香拜祖时说的话，交代了子路回家的原因是父亲要过三周年忌日，同时通过高香缭绕出去的香味，引出了高老庄的村长顺善，顺善的出场是为刻画子路的形象服务的，我们听过他的介绍，了解到了子路的身份和他的吝啬以及对家乡感情的冷漠。作者通过顺善能够随意进出子路家里聊家常，菊娃叫他“顺善哥”等片断，进一步交代了高老庄里的人际关系：这是一个宗法世界。中国农村社会结构的核心是家庭，宗法社会的家族是家的扩大，而国家又是家族的扩大，所以写活了子路的家，也就写活了中国传统文化。另外，小说让顺善出场而不让别的人物来取代，也是为了显示他身份的特别，他是乡村基层政权的领导人——村长，在改革开放初期的农村，传统的家长制权利，很大一部分被行政领导所分割，所以高老庄发生的许多事情，都与这个人物有关。

从叙事模式看，为了达到现代小说具有的语言张力，贾平凹利用叙事视点在场景、人物之间的不断转换，摒弃古典小说中叙事视角相对单一的局限，使小说很轻松地与读者对话，读者可以很快地进入人物的内心世界，窥视其内心活动。比如，上文所引的《白夜》有个情节，夜郎与颜铭相爱后，以为在这个世界上他虽然什么都没有，还拥有爱情，但后来偶然发现颜铭欺骗了自己的感情，不禁大失所望，极度悲哀。作者写其表达悲哀的方式和他的内心感觉，就出现局外视角、局内视角的相互转换，先写他跑到鬼戏班一个丑角家里，那里正在办丧事，他借机大哭一场，用的是叙述者的客观视角。接下来，写他跑到古城墙上吹埙，聊以打发内心的悲哀，此时又用局内视角，即叙述者和人物的视角是重合的，描述黄昏景色在悲哀的夜郎眼里的感觉，然后又插入一段白描，换成客观视角，写孩子的惊哭声、猫叫声、骂人声等，以此来衬托夜郎内心的烦乱。

贾平凹在展现现代“说话”小说的技巧时，使用了象征手法，或者说以虚写实，对于现实生活中的真相，使用魔幻神秘手法来描绘。魔幻神秘是一种变形的象征，比如再生人、目连戏，阴阳不分、古今不分、台上台下互动的艺术形式本身都具有作者要传达的象征意义。或者以实写虚，例如祝一鹤、吴清朴二人一瘫一死的神秘命运结局是作者用来象征中国边缘化知识分子的共同命运。贾平凹在使用神秘象征手法方面，基本上是成功的，并不像有些作家用神秘和象征来掩饰创作内涵上的苍白。“真正的神秘主义不应该与创作上的无能混淆起来，无能的人在不该神秘的地方弄出神秘来，其实他需要的只是弄虚作假：为的是掩盖他没有能力叙述清楚。”① 贾平凹的神秘象征取自他个体生命的真实体验和艺术技巧，他深得传统志怪小说和拉美魔幻现实主义小说两者的艺术表现的真传。

---

① 海明威．“冰山”理论及其他//崔道怡，等．“冰山”理论：对话与潜对话［M］．北京：工人出版社，1986：83.

在小说的语言实践方面，最能体现贾平凹将丰富的古代文化和民间文化通过现代口语表达出来的能力，这包括他将现代汉语中不太常见的农村词汇嵌入口语当中，比如嘴瞎、檐簸、戳牛勾子，碎蛋蛋等，或者是创新性地活用一些常见的词语，比如说“墙塌了一豁”等，形成一种新奇的语言效果。

第四章

“意象”小说
——《怀念狼》《病相报告》

第一节

人病的思考

贾平凹还在动笔写《高老庄》时，已经开始构思《怀念狼》了，正如当年一写完《浮躁》，立即着手写《妊娠》一样。但这次写《怀念狼》没有这般顺利，因为他希望自己能思考得更成熟一些。从写《废都》以来，他用整体的意象构思小说深层意蕴、通过形而下的故事来解释形而上的哲学境界的实验已经进行了很多次。可惜，世俗的大众还没有修炼出和他一样的法眼，仍然将肉身沉醉在他编织的精美的生活之网中。

临近世纪末，中国的长篇小说仍然以每年近千部的数量出笼。20 世纪 80 年代崛起、如今人到中年的精英作家，面对自己已有的成绩，都在尝试自我超越，而与此同时，一批一批更年轻的作家新秀不断地冒出来，20 世纪 70 年代生、80 年代生的作家中优秀者也不乏其人，这些年轻作家的综合创作实力，也许远远不能和前辈作家相提并论，但有一点又是后者无法比肩的，那就是，他们的年轻及其青春旋风给文坛带来的巨大冲击。从某种意义上说，创作就是年轻人的事业，老作家之所以能写出优秀的作品，也是因为他们能让自己一直保持年轻的充满激情的创作心态。

对于文坛的残酷淘汰，贾平凹也是紧张的。他曾经开玩笑说：评论家们就像田里牵牛耕地的老农，而作家就是那头牛，老农拿着鞭子在后面撵，撵得尿尿的时间都没有。但实际上，作家更在乎的是读者。贾平凹写作上的勤奋刻苦，一半是来自其父母的言传身教，另一半应该归功于文坛的残酷淘汰。这些年来，他在文坛几经文学思潮演变中经受住了严峻的考验，这里面天资固然是重要因素，但其不断尝试写作的勤奋起的作用恐怕更大。

当然，走到今天这一步，写作对贾平凹已经成为一种生命的表达方式，而且他对艺术的虔诚之心从未有过改变，每逢进庙拜佛，别人求的是升官发财，他祈求的都是能得到天下的美文！今天的美文，已经不是那种风花雪月的东西，而是大俗大雅的境界。贾平凹最感欣慰的，也许是自己已经拥有成熟的男性人格心理，这对于自己摆脱过往的阴柔的美学风格更为有利，也更有利于自己掌控多年以来梦寐以求的大度的艺术格局，像那只在西安北郊静卧了千年的石虎！

在《高老庄》的创作中，“人种老化”问题是贾平凹的思想内核，这无疑是个具有形而上意味的严肃的文化命题，贾平凹的本意是将其放到整个人类历史发展的背景中来表现，但小说文本的实际阅读效果并没能如其所愿。我们在前文中充分肯定了《高老庄》深刻揭示了中国现代化过程中的复杂性和本土性问题，但是，并不等于说这部小说的主题意蕴全部都得以实现。而创作《怀念狼》时，贾平凹在这一思维向度上再次表示出浓厚的兴趣，这说明，对人类性的重大主题的思考开始进入他的创作视界，这可以视为他在 21 世纪初的全球化语境下，对以往小说中反复探讨过的关于民间性与现代性问题的深入思考。

贾平凹由“人种老化”的问题所引申出的思考是，由于人类自身的保守和专断，人类已经失去传统时代天地自然与社会和谐相处的环境。人作为地球上的生物，他与自然之间有契约关系，这包括与其他生物之间互相依存又互相对立的辩证关系。狼作为人类生存史上的天敌，对人的生存充满了威胁，又恰恰是这种威胁刺激生成了人活下去、与狼斗争、与狼共存的能力。随着工业化时代的到来，人类要求成为世界主宰的欲望越来越强烈。人的无穷的智能衍生出的强大创造力，是一把双刃剑，它一方面极大地促进了人类文明的进步，另一方面又对人生存的环境造成了极大的破坏，其中最重要的就是，将人类生存的和谐自然空间的毁坏。随着全球化资本主义工业制度的推进，从自然界、动物界进化出来的人类，忘记了人的生存之根本，逐渐远离自然，进化到文明社会，在无形中自身脱离了自然界生物链，甚至与自然成为对立面，给人类自身留在地球继续生存埋下了重重的危机。人类似乎实现了对世界的统治，消灭了所有能威胁到自己生存的对手，殊不知，没有了对手的胜者，实际上也意味着自身的行将消失。狼作为人类的天敌，在今天的世界逐渐从人类的视野中消失就是可怕的寓言。这种文学命题在近现代以来世界各国作家中都有人关注，只是侧重点不同。现在狼在贾平凹的笔下，又一次成为人类在自然界获得自我生存资格的试金石。《怀念狼》选择的叙述角度是一个现代文明人——有着人类忧患意识的知名作家，对文明化进程中的人类若没有了对立面将会导致怎样的生存困境的思考。作者对于人狼关系的对立、依存、转化的过程，有自己独特的理解。

故事发生在商州，一个曾经饱受狼患的地区，在历史上，人与狼之间曾经历了无数次生与死的较量，最终是人战胜了狼，临近 20 世纪末，狼被消灭得仅剩下最后 15 只。处于生态环境保护的需要，地方政府设置了禁止猎狼的条例。没有狼可猎，猎人没有了对手，从精神到肉体都开始严重退化，猎狼的英雄队长傅山最后成为商州禁止猎狼保护委员会的成员，与作家兼摄影记者高子明一起为最后 15 只狼提供保护、核查工作。傅山作为一个猎人，其灭狼的天性与护狼的理性之间展开了激烈的较量。最终，最后的 15 只狼还是被干掉了，而猎人没有了对手，最后自己竟变成了一只人狼！变成人狼的还有傅山的老家雄耳川的村民，他们在帮助傅山围猎了所有的狼群之后，身上的狼性也滋长起来。小说最后在作家高子明强烈地怀念狼的呼喊声中结束。

《怀念狼》的艺术主旨，统摄整部小说的精神空间，是作者将人放到自然领域对人性的缺失和人类的终极命运的严肃思考。但对作家创作过程本身而言，贾平凹还有更重要的艺术期许。在《怀念狼》的后记中，他写道：

> 十年前，我写过一组超短小说《太白山记》，第一回试验以实写虚，即把一种意识，以实景写出来。以后的十年里，我热衷于意象，总想使小说有多义性，或者说是现实生活进入诗意，或者说如火对于火焰，如珠玉对于宝气的形而下与形而上的结合。但我苦于寻不着出路，即便有了出路，处理得是那么的生硬或强加的痕迹明显，使原本的想法不能

顺利进入读者心中，发生了忽略不管或严重的误解。《怀念狼》里，我再次做我的实验，局部的意向已不为我看重了，而是将情节处理成意象。这样的实验能不能产生预想的结果，我暂且不知，但写作中使我产生快慰却是真的。

物象作为客观事物而存在着，存在的本质意义是以他们的有用性显现的，而他们的有用性正是由它们的空间性来决定的，存在成为无的形象，无成为存在的根据。……以实写虚，体无证有，正是我写作《怀念狼》的兴趣所在。

贾平凹写作《怀念狼》的另一个动机是，试图将文学作为他阐释形而上的哲学境界的手段。一部文学作品的境界，没有哲学高度做支撑，在审美上，容易大打折扣。我们从贾平凹一直以来的创作中，已经能够感受到他在这方面所做的努力并看到其所取得的成绩。不错，文学是哲学的宁馨儿，但哲学境界通过文学自身的审美艺术功能传达出来似乎才称得上成功。贾平凹本身注重的是用情节象征他对于人狼关系异化的哲学思考，但从《怀念狼》的文本阅读效果看，哲学境界的“虚”与形而下的故事，结合得不是很理想。英雄猎人“傅山”的形象，让人印象深刻一些，尤其是其对狼的怀念，其“人见了狼不能不打，这就是人，但人又不能没有狼，这就又是人”的矛盾认识，成了许多人认定的该作品的文眼，而这恰恰不是贾平凹本人创作的最终主旨。究其原因，与作者企图用文学形式达到哲学境界的过高追求有关，也与作者本人所具备的艺术表达能力有关。

关于人类生存危机的意象化的写作，最终要靠语言来完成，贾平凹对语言自然十分重视，他从这一时期开始，明确提出了“新汉语写作”的口号：

20世纪末或许21世纪初，形式的探索仍可能是很流行的事，我的看法是这种探索应建立在新汉语文学的基础上，汉语文学有它的民族性，即独特于西方人的思维和美学。

他有意识地放弃了以前驾轻就熟的写作套路，尝试创新性地使用汉语言写作，体现在叙述语言上的变化上，就是他以往的语言是在口语化语言的基础上，于半文半白中溢出古意与雅涩，且声音的音乐节奏感较强，追求一种可读性。《怀念狼》使用现代语法、句法来尝试规范小说语言，形成了另一种清新明快的语感和风格，同时，这种变化以小说的叙事又回归到传统的故事形态中为前提。比如小说一开篇是这样写的：

这仍然是商州的故事。

关于商州的故事我已经有很久的时间未写了，可以说，岂止是商州，包括我生活的西京城市，包括西京城里我们那个知识分子小圈子的人人事事，人和题材的写作都似乎没了兴趣。

……

是狼，我说，激起了我重新对商州的热情，也由此激起了对生活的热情，于是，新的故事就这样不经意地发生了。

整部小说始终被箍紧在一个故事框架中来完成，这是小说貌似封闭、实为开放的叙事策略，客观地起到了收敛全文发散性叙述视角的作用，是作者为读者阅读的方便而设置的，因为小说在表面故事上掩盖了不断变换的叙事视角，在时空安排上是随“意”而动，但这会造成习惯了现行阅读的读者的阅读障碍。

与这种所谓“新汉语写作”的语言表述方式相辅助，在人物基本关系结构上，贾平凹又仿照《西游记》，设计了一个猪八戒式的人物“烂头”，他只要一有机会就找女人，脏的、丑的都行。他是小说的调味品，与傅山的不近女色形成鲜明的对比，傅山好比孙悟空，专门降妖捉狼，而高子明似乎是唐僧，一切以慈悲为怀，认为狼也是生灵，不能杀生，他们寻狼、与狼交锋、灭狼的过程，就好比是唐僧师徒降妖取经的过程。

交代人物的身份背景，他沿袭了早年写《故里》《瘪家沟》时已经较为熟练的现代叙事技巧，即用分裂式交代法、错位式交代法，以不同视角来揭示，这样做的目的是在语言修辞上达到间离的、陌生化的效果。《怀念狼》中就是通过高子明的自我身份和家世的自述、高子明讲述傅山的事迹这两个方面，让读者意会出英雄猎人傅山的背景资料。

《高老庄》里，隐含的作者与叙述者、人物的叙述身份基本呈分裂式，它造成的一个消极后果是，作者本人与人物形象有时会串位，影响表达的完整性，含混了小说的思想意蕴，《怀念狼》则将隐含的作者、叙述者、人物三者合而为一，“高子明”就是这一叙事身份的体现者。高子明的身份和贾平凹的身份是叠合的，但他又是摄影记者，是整个故事的参与者，是主人公傅山的外甥，这就给作者在叙述上带来较大的自由。我们再也不用看到类似于一头牛比人还显得智能高明的自我表白了。

《怀念狼》发表半年之后，在陕西西安市，以《三秦都市报》采访报道为导火线，引发了一场思想交锋或可说争鸣，这场争鸣起因于某出版社的青年编辑审计人士李某到西安出差时，借《三秦都市报》采访自己的机会，率性点批陈忠实的《白鹿原》、贾平凹的《怀念狼》值得诟病之处，并顺带尖锐地批评了陕西批评界丧失了最起码的批评良心，只知道一味地为名作家唱颂歌的劣习。此言一出，如马蜂炸窝，使陕西文坛批评界空前激动，并最终波及到了全国，参与争鸣者人数众多，包括许多外省的学者与作家。争鸣时间长达三个月之久，称得上是一场文学事件。

就争鸣本身而言，唱和及驳难，是中国文人的优秀传统，在文人传统日渐式微的今天，有这么一场大的争鸣的确是好事。《怀念狼》被作为诱饵抛出，确实说明了贾平凹作为文学大家，在艺术趣味的追求上，与当今文坛的一些文人有些格格不入，这才是我们需要深思的地方。客观地说，《怀念狼》对于贾平凹而言，最大的价值就是表明他再次突破了艺术表达形式的旧我，充分证明他在做艺术创新的努力。对年近半百的作家而言，能有这种勇气和魄力很不错，且不管这种突破的成就有多大。“作家不可能要写什么就是什么，要写谁就写谁。他在题材的选择过程中和人物的选择上都受到限制。每一个作家甚至是大作家都有着他们的限度。小说家的创作是被他生活在里面的那个社会所决定的，但作家的创作同时也是被他的一生经历、他的生活经验、他的性格所决定的。”①

但是，文坛也不是一个讲究人情和面子的地方，文学的繁荣就是建立在淘汰、发展这种残酷的运转机制上，从这个意义上说，争鸣的任何一方都是无可厚非的。

意象化写作的实验是贾平凹在21世纪的文学新选择。作者写人狼关系的异化给人类带来的生存危机，折射出一种形而上的哲学思考，里面涉及的人性问题，是相对具体的人文命题，2002年发表的《病相报告》就是作者对这一问题在文学领域的继续思考。

《病相报告》只是一部小长篇，总共不到17万字。如小说的

---

① 崔道怡，等．“冰山”理论：对话与潜对话［M］．工人出版社，1986：206.

题目所揭示的，是一部分析社会病相、人性缺陷的小说，主题意蕴含括了三个层面。第一，通过主人公胡方一生悲剧性的遭遇，揭示了时代变迁中的社会对人的命运的无情操控，人是被动的，无奈的，人性必然受到极大的压抑和扭曲，而人为了顾全性命可以放弃信仰，降低人格，唯有爱情却是难以磨灭的。主人公愿意终身守护对方，所以胡方与江岚经历了从抗战到现在半个多世纪的爱情思念之苦。已值花甲之年的胡方，最后与情人相见时，因为过于激动而死去。这是小说的重心所在，围绕着这条主线，小说还用了两条副线做烘托，并由此带出另外两层内涵，一是通过胡方的儿子——前卫诗人胡亥的视角，写出了病态的城市里面，现代人的人性已经萎缩到了只需要性而不谈爱的地步。二是胡方的患难之交——景川最终爱上了一位妓女，这个女人宁愿出卖自己的肉体却不愿放弃已经是植物人的丈夫：在已经没有爱情的时代，底层人性似乎还有所保留。由此，作者哀叹：过去的年代想爱却有重重阻碍，现在的做爱却是难以有爱，纯真的爱情似乎只能在冰与火的煎熬下保持崇高，在和平的年代似乎只能萎缩成性！

对于人性的分析贾平凹主张放到民族的历史背景中，而不是单纯地为写人性而写人性，脱离中国的现实。在技术表现上，他的意象化的语言思维方式还是起了很大的作用，虽然从文本表面看，其故事情节的叙述次序被完全打乱。

小说《病相报告》全书 29 个小节，围绕着胡方与江岚艰难的恋爱故事展开，又穿插了双方各自的家庭故事以及一个老光棍景川的寻父、寻婚的曲折经历。胡方和江岚跨越半个多世纪的爱，历经抗日战争、解放战争、中华人民共和国成立、“文化大革命”、改革开放，一直到当下，如果要铺展开来，没有四五十万字是不行的。写一个以爱情为内核的故事，用这般庞大的规模，贾平凹自知还没有这般饱满的激情和足够的能力，那么只有在小说结构上下功夫了。全书 29 个小节中，贾平凹让所有七个人物均以第一人称主述。訾林是胡方的忘年交朋友，由胡方另一个患难与共的老朋友景川介绍给他认识。在叙事结构上，訾林实际起到了叙述人的作用，他的身份和心态，与我们读者是吻合的。所以小说一开始就由訾林出场，将故事的最高潮和盘托出，制造富于悬念的阅读效果。在后面第 3 节、第 25 节、第 27 节，第 29 节，訾林又出现了四次，这个人物五次出场，出场的位置分别是两次前面、两次后面、一次中间，每次都在情节上起到了及时补叙、解释的作用。

景川作为胡方的朋友，他既要为胡方的故事服务，又有自己的任务、故事，所以他在小说中占的篇幅最重，第 2、4、7、9、16、19、23、26 共八节，都由景川来主述。胡方有一个儿子叫胡亥，是城市诗人，一个女儿叫冬梅，是乡村教师，这两个人的主述各占两节，用以补充胡方两个历史时段的生活。小说为胡方的妻子叶素芹安排了两节，也是为补充说明胡方的现实生活而设计的，并让读者更直接地感受到叶素芹的性格修养与胡方格格不入，更理解和感动于胡方毕生追求爱情的执着。胡方的情敌叫韩文，在小说中始终没有站出来主述，但我们通过江岚和胡亥的叙述，已经足以完整地了解这个人。因为故事的主人公是胡方，所有的叙述都只能用来突出胡方。女主人公江岚用了第 5、8、14、18、21 节共五节做自述，每一节写一个历史时段，胡方的一生正好经历了五个历史时期，这样使小说显得干脆利落，不拖泥带水，故事更紧凑纯粹，主人公的爱情遭受的现实磨难，在表述中显得更加真实感人。

而作家在这部小说传递给读者的最终的心灵密码，就藏在訾林与胡方共同主述的第 6、12、17、22 节里，这四个小节，訾林的叙述用的是重复叙事，胡方的叙述是其完整的心灵故事。重复叙事这种修辞手法，最重要的修辞功能之一，是将作者的创作意图通过反复强化而获得一种象征的意义。贾平凹很显然是这个目的。而且这样处理从修辞结构上又能起到间隔叙事空间、打乱叙事节奏的作用。

由此可见，一个很现实的人性问题，经过作者在叙述策略上的把控和语言上的包装，已经变得抽象、陌生起来，而这正是作者所要的结果。

第二节
现代“意象”小说范式的探索

贾平凹在“说话”小说艺术实践的基础上，尝试探索了一种现代象征意义上的“意象”小说范式。这主要体现在《怀念狼》和《病相报告》当中。

“意象”小说的写作范式，是贾平凹在“说话”小说形式基础上进一步的艺术尝试。写完《高老庄》之后，贾平凹在后记里写道：“道被确立后，德将重新定位。”“我的初衷是要求我尽量原生态地写出生活的流动，行文越实越好，但整体上却极力去张扬我的意象。”也就是说，贾平凹在利用长篇古典小说形式探索所谓的现代“说话”小说范式时，其出发点已经定在了“张扬意象”上。《废都》《白夜》《高老庄》连续三部的长篇创作尝试，让贾平凹得到惊喜，也让他失去了继续写作的欲望，也许还有一个内在的原因，如有些研究者所说的，小说写到这一步，他的创作资源开始匮乏，他必须寻求一种超越和突破。这个突破点，就在于他对小说艺术形式的进一步探索。“意象化”写作是他的首选。

“意象”是我国古典美学的一个概念范畴。最早见于《周易》：“立象以尽意。”“仰则观象于天，俯则观法于地，观鸟兽之文，与地之宜，近取诸身，远取诸物。”① 它是由哲学上关于“意”和“象”的关系逐步演变成的文艺理论范畴。《周易》的阴阳二元结构思想和“立象以尽意”，“观物取象”和魏晋时期的王弼等玄学家对言、意、象三者关系的哲学探讨为意象说奠定了哲学基础。到刘勰的《文心雕龙》时，他对意象做了一次全面系统的理论总结，唐人在此基础上又引发了意境说，如妙悟说、神韵说等。唐以后，意境说逐渐代替了意象说，成为诗歌领域的主流。从贾平凹对意象二字的各种理解文章看，他的理论支撑主要偏向于《周易》时代的、更原初的哲学意味的意象之意。也就是说，贾平凹在自觉创建“意象”小说范式时，是立足于哲学境界来做的。在《怀念狼》的后记中他特意强调这部小说的特点是以整体的意象代替局部的意象，（因为）生活既鲜活又混沌，通过以实写虚的方式，越写出生活的实，也就越体现出艺术上的虚境，通过“无”来证“有”，这虚与实之间的重要载体就是意象！这种“虚与实”“有与无”的审美观念，是中国古代美学中的重要理论范畴，这里所谓“实”“有”，是指艺术的直接性，即艺术形象中具体的、有形的描写；所谓“虚”“无”，是指艺术的间接性，即由具体有形的直接描写引起的想象部分，

① 黄寿祺，张善文．周易译注·前言［M］．上海：上海古籍出版社，1989．

是笔墨之外的东西，虽有若无，无形却有，故属间接性。这种审美观念及其艺术手法，在我国古代的书法艺术当中表现为讲究“布白”之美，所谓“计白以当黑，奇趣乃出”[①] 就是要求把整个画面的有字部分和无字部分有机地结合；古代绘画也注意发挥空白之处的作用，追求“画中之白即画中之画，亦即画外之画”[②] 的效果。贾平凹本人非常喜爱传统书法和绘画，创作了不少作品。像他这样一个浸淫于传统艺术世界的作家，受传统艺术观念的影响是不可避免的，因此他的意象小说观念藏有上述美学理论的影子也就不足为奇。

但是作为一位生活在当代的作家，他的理论视野不会仅仅局限于这些。

在现代文学理论的概念当中，意象的本质是象征。一切象征都具有意象化、符号化的性质。“象征都借助于自然物象与主观情感在本质上的同构性或相似性，通过赋予主观情感以客观对应物的方式含蓄地表达作者的情感态度。”[③] 传统小说与现代小说相比，在象征修辞的观念和手段上都有很大的不同。局部的、具象的象征功能在传统小说里被广泛使用，作为叙述的辅助手段。而在现代小说中，象征的作用被强调到空前重要的地位，并且在使用功能上发生了质变，一跃而成为整个小说创作过程的主宰，抽象化、整体性是这一类小说的基本表征。比如卡夫卡的《城堡》，本质上近乎寓言，人物和事件都被虚拟化、象征化了。这种小说“似乎被笼罩在一种神秘的气氛中，又好像背后另有呼之

① 宁宗一. 中国小说学通论 [M]. 合肥：安徽教育出版社，1995：714.
② 宁宗一. 中国小说学通论 [M]. 合肥：安徽教育出版社，1995：714.
③ 李建军. 小说修辞研究 [M]. 北京：中国人民大学出版社，2003：234.

欲出的东西，而要是细细推考，却又发现象征之内另有象征，譬喻之后又有譬喻，总是探不到底。”① 这种玄而又玄的小说，不仅要求作家在形而上的哲学层面对生活有深刻的、本质的把握，还从艺术技巧上对作家提出了极高的要求。两个典型的例子是，法国当代“新小说”流派和中国20世纪80年代中期崛起的“先锋小说”的整体化象征小说都是一种停留在事物表面的主观化象征，缺乏内在生动丰富的寓意，更多地追求表面意义或象征意义的扑朔迷离，却没有一个支撑的共核，导致小说文本既丧失了传统小说的魅力，又掉进了现代主义技巧的泥坑。现代小说创作，正如布雷德伯里所评价的：“现代主义不仅意味着艺术上的新形式和独特风格，也意味着艺术上极大的灾难。总之，实验主义不单单表明艺术上存在着深奥、困难和新奇；它也表达着凄凉、黑暗、异化、崩溃。”②

意象小说除了与象征小说在本质上更亲近外，与“寓言”这种文体也较相似。寓言是一种形象（故事）与理论（寓言）相结合的边缘文学样式。就文体特点而言是叙事与议论相结合的作品。莱辛在解释寓言本质的时候曾说：“要是我们把一句普遍的道德格言引回到一件特殊的事件上，把真实性赋予这个特殊事件，用这个事件写一个故事，在这个故事里大家可以形象地认识出这个普遍的道德格言，那么这个虚构的故事便是一则寓言。”③因此说，寓言有两个最基本的要求，一是故事性，二是寓意性。

---

① 钱理群．二十世纪中国小说理论资料［M］．北京：北京大学出版社，1997：282.

② 詹明信．晚期资本主义的文化逻辑［M］．北京：生活·读书·新知三联书店，1997：292.

③ 郭丹．中国古代寓言的艺术审美特征［J］．福建论坛，2002（2）．

中国文化的整体性、直悟性思维特点，决定了古代寓言文体的发达。尤其是在先秦形成了创作高峰。善于设喻，深于取象，是诸子散文的特点，这个特点就是由寓言来完成的。清人章学诚曾说："然战国之文，深于比兴，即其深于取象者也。"① 可见，"深于取象"的语言也具有意象思维的特点，它与《周易》中所说的"立象以尽言"也是相通的。

然而，现代象征与寓言相比还是有所不同：象征是它所代表的事物；寓言所代表的不是它自己。"一则寓言牵涉的是抽象的事物，一个象征指的是某个具体特别的东西……寓言总是可以破译的；象征能否破译，取决于社会对这一问题的看法是否能从根本上和谐一致……"② 也就是说，寓言获得文学合法地位的前提是社会首先承认了这种文体的共性，并依照这种共性对文本合理破译其中的寓意，而象征则充分表现了艺术的模糊性特点，它基本上依赖于编码者即作者与译码者或读者之间的"主体间性"的默契程度。从这二者的区别来看，"意象"小说很显然更接近于现代象征小说。

正是在这样一些艺术观念和创作的历史和时代语境中，贾平凹从自己的艺术理解和创作兴趣出发，在现代主义象征艺术实践的得失中，在中国古典美学范畴的意象理论基础上，企图整合出一条民族化的现代象征主义小说——"意象化"小说之路。以此，贾平凹终于从《高老庄》式的仿古写作，走进了一个充满现代主义象征意味的艺术世界。为此，他四易其稿，精心打造《怀念狼》，将自己的艺术观念寄托到文本当中。只可惜这部寄

① 贾平凹，李遇春．拒绝平庸的精神漫游［J］．小说评论，2003.
② 叶廷芳．论卡夫卡［M］．北京：中国社会科学出版社，1998：179.

托了深刻艺术理念的作品，正如我们在第一章中所分析的，并不是完美的，在理念和文本形式上出现的分裂，概念化写作倾向和艺术性本身的瑕疵，让小说的审美打了折扣。而且更遗憾的是，尽管贾平凹有充分的心理准备，知道自己这种相对抽象化的写作会失去一部分读者，但事实是，他在某种程度上还是步了“先锋小说”的后尘，既没有准确地传输自己的艺术理念，又将读者拒之文本之外——丧失了他以往小说中真正混沌鲜活的生活质感，而这一点对接受主体很重要。发现这个弊病之后，贾平凹一度在创作《病相报告》时做了一些折中：作品的主体意蕴还是从整体象征出发，但不再探讨抽象的人性异化问题，而是将人性的具体缺陷作为表现对象。他试图通过这种调和吸引一部分读者。但是他在叙述手段上所做的大幅度的革新，令读者陌生的文本结构，又让许多人无法适应，望而却步。创作主体与接受主体在艺术的思想和情感之间的相互背离，正式宣告了《病相报告》的艺术失败。从这个意义上说，贾平凹关于现代象征意义上的“意象化”小说形式的探索，还远未成功。

贾平凹作为一个对写作形式充满创新精神的作家，让他因为暂时的失败而回到过去的写作是不可能的，但对于失败他还是有较清醒的认识，2003 年底他在接受一位研究者的访谈时说：“（《怀念狼》）是另一路的写法，但它应该写得再实在一些就好了，它扶摇过分，沉着不足。”① 失败的教训让他似乎更执着于自己的艺术方向，他在 2003 年出版的一部小说集《听来的故事》的前言中写道：

① 贾平凹，李遇春．拒绝平庸的精神漫游［J］．小说评论，2003（6）．

因为有中华民族的苦难历史和儒家文化的影响，所以政治情结与忧患意识是中国任何作家都无法摆脱的。这也是中国作家的特色。新的小说应是有民族的背景（在中国也就是政治背景），但它已不是政治性的。若纯粹的历史感、社会感、人生感成为中国所强调的深刻，又要导致其限制着中国文学的进步。如何在中国的背景下来分析人性的种种缺陷，又能在作品中弥漫中国传统中天人合一的浑然之气，意象整一，那是我的新的兴趣所在。这样的小说是简单的故事。必须有故事，但不在于故事本身，所以强调其简单。

第五章

乡村挽歌的集大成之作——《秦腔》

第一节

荡气回肠的当代乡村史歌

2005年上半年的中国文坛，最轰动的事件之一是长篇小说《秦腔》的发表及学术界的广泛好评。《秦腔》是贾平凹的第12部长篇小说，也是他近十年来最重要的一部作品。贾平凹称自己2003年初开始动笔写作《秦腔》，历时近两年，是他费时最长、修改最多、最耗心血的一部作品，在近200万字的手稿创作中修改、增删、整理，终于得以发表。贾平凹在他的《后记》中说，“这部书稿真的是一直在惊恐中写作，完成了一稿，不满意，再写，还不满意，又写了三稿，仍是不满意，在三稿上又修改了一次。这是我从来都没有过的现象”。贾平凹说《秦腔》是“为故乡树一块碑子”，全方面、多角度地记录故乡的感伤没落和转型历史。

小说面世之后，贾平凹前往各大城市高调进行签名售书的宣传活动。并先后在北京和上海举行了两次大型的作品研讨会。对为何给这部小说取名《秦腔》，贾平凹解释说：“秦腔是在中国西北广为流传的剧种，是西北人，特别是西北农村人生活的一部分。它代表着西北人发出的声音，有‘秦人之腔’的意思；另外，秦腔曲调慷慨激昂，有一种苍凉感，符合我笔下描写的西北农村的特征。”秦腔是中国最古老的剧种之一，主要流传于西北五省，在观众中，特别是农村观众中具有极强的生命力。逢年过节，吼唱秦腔是秦人表达快乐、倾吐悲伤的最佳方式。该小说把所有情节穿起来的真正线索就是贾平凹亲笔所写的一段段秦腔曲谱。书中还收录了贾平凹的 4 幅画作。出版社在装帧设计时希望能够全面呈现贾平凹的字、画、音，该小说封面上的“秦腔”二字，为贾平凹亲笔所写。

《秦腔》并不是写戏台上所唱的秦腔，它解读的是关于中国农村 20 年的历史，以凝重的笔触讲述了农民与土地的关系和新时期农民的生存状态。

1983 年 5 月 2 日，贾平凹曾在他的“五味村”中写下著名的散文名篇《秦腔》，22 年后，贾平凹重新在书斋中苦心创作长篇小说《秦腔》。作品以细腻平实的语言，采用“密实的流年式的书写方式”，集中表现了改革开放年代乡村的价值观念、人际关系在传统格局中的深刻变化，字里行间倾注了对故乡的一腔深情和对社会转型期农村现状的思考。书中大部分人和事都有原型。贾平凹称“我要以它为故乡竖一块碑”。他说：“故乡几十年来一直是我写作的根据地，但我的大量作品取材于一个商州概念的‘泛故乡’，真正描述故乡的作品，《秦腔》是第一部。可以说，《秦腔》动用了我所有素材的最后一块宝藏，倾注了我生命和灵魂中的东西。”《秦腔》以贾平凹的故乡棣花街为原型，通过描述一个叫清风街的地方近二十年来的演变和街上芸芸众生的生老病死、悲欢离合，生动地表现了中国社会的历史转型给农村带来的震荡和变化。小说采取疯子引生的视角来叙述。清风街有两家大户：白家和夏家，白家早已衰败，因此夏家家族的变迁成了清风街、陕西乃至中国农村变化的象征。夏家老一辈的天仁、天义、天礼、天智四兄弟是清风街最有影响的人物，尤其是天义、天智两人：天义从土改时期就是村委会主任，几十年公允持正的工作让所有人在他退休之后都依然敬畏他三分，天智也因为是几十年的学校校长而成了智慧的化身，他的大儿子夏风还是省城很有影响力的作家。清风街的人们爱听秦腔，认为它特解感情的渴。清风街出了一个唱秦腔的美人白雪，她也是引生的梦中情人。小说从夏风回到清风街与白雪成婚开始，以夏天智、夏天义的去世结束。这期间发生了很多细碎、读来却很具震撼力的事情。比如，白雪和夏风因为对生活的理解不同，尤其是对秦腔的态度不同而黯然离婚；随着改革的深入，新一届村领导班子经过钩心斗角后最终成立，夏天义的威信日渐丧失，最后几乎被人们看作废人一个，他开始像偏执狂一样坚持要把原来在任时没有完成的工程完成；清风街原本淳厚的民风、尊老敬贤的习气，因为经济利益的纠葛丧失了，人们容忍了带有色情服务的万宝酒楼在街上的存在，等到夏天义去世的时候，他的五个儿子甚至为了谁该出棺材钱、石碑钱而互相推诿、扯皮。引生的故事是整部小说的明线，所有的情节都或多或少和他有关系，但真正把所有情节穿起来的是一个个秦腔唱段。每当感情激荡起伏，人们都会哼唱或聆听秦腔，通过它来完成情感的宣泄与净化。不过秦腔最后还是不可挽回地没落了，就像往日的清风街，能留下的只是稍显空虚的记忆。《秦腔》结尾，夏天义的坟前竖起了一块无字的石碑，而贾平凹本人也将《秦腔》的创作视为为故乡树碑。

贾平凹在《秦腔》中以极其凝重的笔调真实再现了改革开放以来中国农村的生活图景，深刻地揭示了当代农民与土地的尴尬关系及新时期农民的迷茫生存状态，并对改革开放之后农村传统价值观念崩塌、传统人际关系和伦理关系不断解体的现实社会进行了全面深入的解读。贺绍俊指出，《秦腔》“写作背景处在社会脱胎换骨的动荡之中，就是旧的秩序在崩溃，又看不到新的东西在哪儿，是作者对各自时代崩溃的主题有一种切肤的体验……正好反映了我们这样一个时代新旧交替，城乡冲突，现代化、城市化对乡村的挤压”。

正如有评论者所说，自《废都》之后，贾平凹的每部小说都没有摆脱争议的漩涡。但对一般阅读者来说，再没有像这部《秦腔》来得那么复杂与困惑，甚至阅读本身也成为障碍：一个近 50 万字的乡村故事，几乎没有一个中心事件，全是各家的柴米油盐、婚丧嫁娶、邻里纠纷与乡村闲话。以至于有评论说，这已经不是一部乡村编年史，而是一部编时史。小说的各章之间甚至没有小标题提示，语言多为陕西方言，文字之间，不时穿插一些秦腔曲谱。评论家认为完全能消除的阅读障碍，在贾平凹的新作中似乎都任性恣肆地横亘着。面对生于斯长于斯的故乡，贾平凹的笔触确乎变得滞重混沌：“我清楚，故乡将出现另一种形状，我将越来越陌生，它以后或许像有了疤的苹果，苹果腐烂，如一泡脓水，或许它会淤在地里生出了荷花，愈开愈艳，但那都不再属于我，而目前的态势与我相宜，我有责任与感情写下它。”

《秦腔》发表之后，批评界和各种媒体闻风而动，对《秦腔》进行了及时的评价和作家访谈。这期间，影响较大的事件便是京沪两地的批评家召开《秦腔》作品研讨会并进行了高度评价以及李建军两度执笔撰文对《秦腔》进行完全否定。2005 年 3 月 25 日，由复旦大学当代文学创作与研究中心、《收获》及《文学报》联合举行的长篇小说《秦腔》研讨会在复旦举行。这是上海文学界第一次举办贾平凹作品研讨会。一向措辞谨慎、喜欢唱点反调的上海评论界对《秦腔》不吝赞词。评论家王鸿生、罗岗等称这是一部书写当代中国农村具有史诗性意义的重要作品，是贾平凹在创作上所达到的又一高峰。沪上学人认为，《秦腔》在两个方面应该被充分肯定。一是其敏感地捕捉到了转型期农村巨变过程中的某种时代情绪，是对正在消逝的千年乡村的一曲挽歌。也许“三农”问题专家在这部作品中可以找到许多社会学意义上的材料，但面对曾经熟悉的生活一天天地破败，作家显然困惑无解，也无意回答。评论家栾梅健将五四之后鲁迅的《故乡》、新中国之后赵树理的《李家庄的变迁》、改革开放之后高晓声的《陈奂生上城》以及表现转型期的这部《秦腔》，放在一起比较，认为它们先后反映了中国农村四个重要时期的面貌和变迁。二是在艺术表现手法上，《秦腔》用瓷实精到的描写重塑了一个鲜活真实的世界。这种从细枝末节、鸡毛蒜皮的日常人事入手进行描写，犹如细流蔓延，最后汇流成河，浑然天成中抵达本质的真实。从某种角度而言，也是对近年来许多凌空高蹈、不无夸饰的宏大叙事的一种“拨乱反正”。《秦腔》看似日常、琐碎，却显示了贾平凹在叙事上一种冒险的“野心”：弄好了，能逼近生活；弄不好，是一堆散了骨架的东西。这使《秦腔》成为一部没法快速阅览的小说，它像一曲流水似的慢板，一壶需要慢慢品味的茶。有评论家担心，今天心浮气躁的都市读者中有多少能慢慢品出它的味道？

同年5月15日，中国作家出版集团、中国作协创研部、作家出版社、《文艺报》《当代作家评论》五单位在京再次研讨《秦腔》，中国评论界一批权威评论家参加了这次研讨。雷达认为把这部作品放在整个中国今天乡土叙事的背景下看，是非常重要的作品，也是贾平凹迄今为止最重要的一部作品。它是一次冒着极大风险的写作，但《秦腔》却成功了。陈晓明认为，《秦腔》是乡土中国叙事的终结。这部作品，非常令人震惊地写出了乡土中国历史在后改革时代的命运。李敬泽认为这部小说极端地瓦解了我们到目前为止关于乡土写作的所有成规、想象方向，它无疑是一部非常重要的作品。孟繁华认为贾平凹的创作有两部作品最重要。一是《废都》，二是《秦腔》，认为《秦腔》有一种透彻骨髓的绝望感，也就是说贾平凹将对于乡土中国的完整性及叙事方式进行了彻底的解构。

从《浮躁》到《废都》再到《秦腔》，贾平凹的三级跳跃，给中国文坛带来了前所未有的争议与话题，缠绕其中的是是非非，一时难以厘清，但这些作品带给所有读者的震撼、启发与多重思考却是毋庸讳言的。《秦腔》无疑是贾平凹在21世纪以来，经历了长篇小说创作的精神和叙事的双重试验之后主动向故乡商州回归的集大成之作。

第二节

“说话”小说的回归

许多研究表明，贾平凹尽管是个有强烈创新意识的作家，但是他前后之间的创作有内在的延续性，无论是在精神上、形式上，还是在创作布局上。贾平凹 21 世纪前后的三部长篇小说《高老庄》《怀念狼》和《病相报告》充分显示了他在探索一种现代象征意义上的“意象”小说范式的浓厚兴趣。贾平凹曾在《高老庄》的后记里写道：“道被确立后，德将重新定位。”“我的初衷是要求我尽量原生态地写出生活的流动，行文越实越好，但整体上却极力去张扬我的意象。”① 如果说，《怀念狼》和《病相报告》中关于人性的缺陷和人类终极命运的思考是由于他既往

① 贾平凹．高老庄·后记［M］．西安：太白文艺出版社，1998：412－415.

的创作资源匮乏，从而想寻求一种艺术上的超越和突破，那么这两部小说实践过程中的得失必然对《秦腔》的创作起到重要的制约作用。他热衷于意象，总想使小说有多义性，因此在《秦腔》里再次做实验，将所有的日常生活处理成整体的一个意象（秦腔为乡土中国的象征意象）。《秦腔》明智地扬弃了前两部小说关于抽象人性的哲学思考，回归到乡土叙事当中，最逼真地还原中国文化传统精髓的生活演绎和农民的现实生存困境，揭示出中国本土文化的焦点问题所在。

清风街首先是千年传统的清风街，是乡土中国文化的化身。夏家家族是中国宗法制家族文化的载体。清风街地处三秦大地，周礼之风盛行。小说通过写清风街尤其是夏家的境况折射传统文化在当代社会转型中的运命。周礼构成中国封建传统文化的核心——儒学的基础。周礼作为中国祖先崇拜仪式的规范化和系统化，保留了大量家族内部相亲相爱的伦理情感，这对调剂人际关系、缓和阶级矛盾是有作用的。曾子曰：士不可以不弘毅，任重而道远。仁以为己任，不亦重乎，死而后已，不亦远乎。“志士仁人，无求生以害仁，有杀生以成仁。”这正是周礼中所强调的始祖伦理情感的核心内容，是中华民族共同的心理结构。周礼的形成，建立在与农业生产活动密切联系的祭祀祖先仪式的基础上，源于宗法血缘父系家长制统治。其结构是建立一个高度统一的社会统治秩序，其中充满氏族血缘关系的温情。个体与社会群体高度统一，人与人之间有亲疏贵贱，彼此间却有一个基本原则：同一祖先庇护下的子孙应该相亲相爱。周礼中与其政治、经济、文化制度并行的是家礼，家族以宗法血缘维系。周礼文化形式在广大农村保持下来，一直发挥着作用。孔子思想中的“仁”，是世人皆有之的、以天赋的同情心和爱心为基础的道德情感和道德理性。夏天义四兄弟就是传统伦理道德文化的象征。贾平凹通过描绘清风街在新时期以来的民风教化的衰败，写出乡土中国的必然终结。

另外，清风街还是当代农村在社会转型过程中遭遇到精神和物质双重困境的象征。小说以工笔画的手法，甚至以精确的数字写了那个叫清风街的地方，农民为什么种不起土地，任凭大片土地荒芜。农民特别是青壮年劳力为什么要逃离农村，脱离土地，以致偌大的一个村子，找不到抬棺材的壮汉。此外，农村贫富差距的扩大，国家农村政策的滞后，税费的沉重，有些基层干部作风的简单粗暴，酿成的村民与乡政府的风波等种种问题也在小说中有详尽的描述。迄今为止，还没有哪一部农村小说像《秦腔》一样提供出如此丰饶和鲜活的当前农村社会的生活细节。

小说形象地说明了中国农村社会在向工业化和现代化的转型过程中，农村没有及时跟上改革的步伐，农民逐渐成为社会的贫困群体、弱势群体。大量的农民以农民工的形式流动到城市。而城市中的农民工没有从事投资经营的资本，只能从事以体力劳动为主的工作，劳动强度大、环境差、危险系数高。农民工被排斥在城市主流之外，在这种情形之下，无疑会滋生许多社会仇恨。而农村基层政府因为财政的紧张和管理体制改革不到位，导致政府公共职能削弱，另外，因为财政经费无法满足政府机构履行职能，政府机构直接参与到营利性的经营活动，利用权力谋取部门或个人的经济收入。

这种现象的出现带来的消极后果是有些基层政府功能的畸变，公共资源被滥用，社会功能紊乱，社会人群与机构之间的矛盾对立，这必然导致农民与有些基层政府之间的尖锐冲突。小说还真实地反映了另一个严峻的社会问题，即农民人口流动到城市后，造成了其回乡的不适应性，他们接触到了城市的文化和生活方式，也逐渐适应了这种文化和生活方式，尽管他们是从边缘观察和接触到的。事实上，《秦腔》对以夏天义为代表的传统文化和以君亭为代表的新乡土文化没有直接表露立场，对秦腔的衰亡也没有直接表示叹息。这说明作者本身对这些事物的认识是多面的，传统文化中的合理部分与新乡土文化的不合理部分已经显示出来。中国传统文化的现代转型之路依然需要人们艰难地探索。

《秦腔》中关于传统社会生存危机的思考，最终是靠语言来完成，贾平凹对于语言自然十分重视，但这一次他明智地放弃了使用所谓的“新汉语写作”，而是回归到乡土叙事、日常生活当中。他有意识地恢复以前驾轻就熟的写作套路，大量使用陕西方言土语来写作。贾平凹称，他一直想尝试用散文的笔法写一部长篇小说，这次写《秦腔》才真正实现，但近50万字的小说要一直把握散文的节奏并不容易，也有不少人说不好读，不习惯这种叙事方式，但要完整、真实地再现20年来中国农村的变迁，再用以往编故事的方式已经不合适了。他在《秦腔》的后记中说：

> 这种密实的流年式的叙写……我不是不懂，也不是没写过戏剧性的情节，也不是陌生和拒绝那一种有意味的形式……只因我写的是一堆鸡零狗碎的泼烦日子，我只能是这种写法。

《秦腔》以细枝末节和鸡毛蒜皮的人事，从最细微的角落一页页翻开，细流蔓延、泥沙俱下，从而聚沙成塔，汇流入海，在浑然天成中抵达本质的真实，回归原生的生活情状。在叙事结构上，《秦腔》的确没有出现类似于《高老庄》隐含的作者与叙述者、人物三者叙述身份分裂的状况，而是选择了“张引生”——清风街的“傻子”作为叙述人，基本将故事统协在一个封闭、主观的叙述当中，比较准确地满足了作者作为一个现代知识分子运用启蒙话语和现代主义艺术视角的双重欲望。当然，纰漏还是有的，比如，在小说原文的第17页和第78页，作者用了限知视角分别叙述夏天智和君亭的生活，完全脱离了引生“我”的叙事视野。所以，贾平凹自己也承认：“现在看《秦腔》，有很多遗憾，很多地方本来可以写得更有意思点，但现在已经出版了，没办法，就只能等以后有机会再改了。”

小说中，除了“秦腔”作为文化中国的整体寓意之外，人物的象征寓意也很深刻。在鸡鸣狗吠的乡村生活中，小说逐渐突显三个主要人物：白雪、引生和夏风。白雪是这个世界的天平，她维持着平衡，带给人福祉，引来更多的人对生活充满憧憬和想象。引生，一个完全代表乡村世界的人，是一个智力、能力、实力都处于弱者地位的卑微人物，但他有一个永远不变而且令人恐惧的武器，即对白雪的无条件的痴情，这种痴情使他对世界的认知失去完整的判断，从而成为一个精神癫狂的人物，他代表和象征一个传统社会的生命向往是如此执着、狭隘而又在软弱中显示着惊人的力量。引生对白雪的过度追求，扭曲了他的行为，并蕴含了某种隐喻。小说的另一个主要男性人物是夏风，他总是没有表情地出场，轻易地拥有引生用整个生命都无法得到的生活。当他愿意时，他就可以娶白雪为妻，他并不为此激动不已，也不为此改变自己本来的生活，他仍然从容地往返于省城和清风街之间，他是这个世界从容不迫的占有者，可以随意处置让另一个人痴狂的人和事。这种精神的两极本来象征现实生活和精神变异之间的反差，小说里的引生也的确被村人看成脑子不正常的“疯子”，而夏风在村人的眼里是文明、成功的典型，他的一言一行都代表着某种村人并不拥有却心向往之的先进文化。大量的平凡庸碌的生活场景被填塞在小说里，把以白雪为中心的三人世界包裹在一种世俗的现实中，成为某种与土地密切相关的精神寓言，这正是《秦腔》这部小说给人的最深印象。另外，夏天智的去世意味着夏氏家族在清风街的显赫威势开始衰败。所以小说中他的葬礼，就具有浓重的悼念一种文化精神、一种人格在尴尬中逝去的意味。

第六章

当代社会的深刻实录
——《高兴》《带灯》《极花》

第一节 对农民命运的深切忧患

《秦腔》之后的贾平凹，在创作上和心态上得到彻底的释放。从此以后，他迎来了长篇小说创作的新高峰。截至2020年上半年，他已经连续出版了6部长篇小说。非常有意思的是，这6部作品的创作十分有规律，3部是有关现实中的农民故事，3部是有关中国现代历史的故事，而且这6部作品是穿插创作，即写一部现实题材，再写一部历史题材，然后再写一部现实题材。这样的写作习惯，贾平凹其实早在20世纪80年代就已经形成了。透过现实和历史的双重视野，贾平凹的现实主义批判精神具有更为厚重的艺术穿透力。从写作《秦腔》起，贾平凹就把自己的作品称为“社会记录”：“这个年代的写作普遍缺乏大精神和大技巧，文学作品不可能经典，那么，就不妨把自己的作品写成一份份社会记录而留给历史。”现实主义题材的作品中，对底层农村人物的关注，对民间立场的秉持是贾平凹一直以来的创作传统。《高兴》《带灯》《极花》三部现实主义题材小说，三者共同之处在于其都是来源于贾平凹身边的或当事人的故事。但每部作品关注点都各有侧重。路遥认为，长篇小说要求作家的，首先不是艺术上的东西，而是作家观察生活的着眼点和理解生活的能力。作家仅有“一度进入生活”还不够，还要“二度进入生活”，凭艺术直觉，保持作家的“中性状态”，以便更接近生活本身，更接近真实。① 贾平凹这三部长篇小说创作，虽然没真正深入生活，但故事的生活来源是真实的，他对故事主人公的命运和遭遇感同身受。

《高兴》是一部以进城农民（农民工）遭遇为主要内容的现实题材小说。带了一双失败婚姻留下的鞋子，清风镇农民刘高兴怀揣着做城市人的梦想，带着五富来到西安城，他们要在西安城挣钱，挣钱的门道是捡破烂。在城市里，他们经历了比农村丰富得多也曲折得多的人生冷暖、世态炎凉。他们用梦想冲淡忧伤，用乐观打败困难，用友情疗伤，用幻想安慰失望，用同情和怜惜赢得友谊、换取浅薄的爱情。故事主要围绕刘高兴和同伴五富以及城市性工作者孟夷纯三人之间的遭遇展开。刘高兴和孟夷纯，一个拾荒人，一个妓女，两个同样身处社会最底层的小人物，对这二人的描绘体现了作家的底层关怀，也表达了作家的文化思索——中国传统文化在现代社会的遭遇以及现代社会的文化现状。城市以它的浮华诱惑着农村的青年男女，他们离开故乡，加入城市欲望的追逐者之列。可当这些农村人离开了家乡，城市对

---

① 许爱珠．性灵与启蒙：贾平凹评传［M］．北京：团结出版社，2007：96.

他们而言却又显得异常的陌生和疏离。这就是他们所遭遇的“现代性”，亦是由“乡”入“城”的代价。充满敌意的城市无法安妥他们，他们也无法和这样的城市休戚与共。城市外来者的这种“在”而“不属于”的悬浮与漂泊，是对进城农民无可附着的深层隐喻。

《高兴》主人公悲剧性命运的结局，包含了作家对传统文化精神的呼唤，也表达了他对时代的一种忧思。正如有学者指出的：“‘刘高兴’这样一个有着丰富精神生活的农民，在生活中理应有着更美好的人生，但是他却遭遇了种种痛苦。正是在这里，大时代中的‘这一个人’尽管有他的快乐，但他的快乐却与苦难分不开，当‘一个人’的人生与苦难纠缠在一起，与周围人的关系发生种种冲突时，也就开始与我们这个时代建立了无法分隔的意义关系，通过‘这一个人’会理解时代所蕴含的许多问题。”①

《带灯》则是站在反思现代性或现代性反思的立场思考当下中国乡村的现代性城镇化进程，关注的是一个敏感话题——上访。这是他个人创作的长篇小说中最贴近现实的一部。小说从樱镇招商引资建大工厂开始。建工厂要选址，选址要挪树，挪树就有补偿，能用补偿解决的小纠纷倒也好办，不好办的是村民没完没了的上访，为宅基地，为公益林，为大工厂的水污染。上访对乡镇干部来说其杀伤力不亚于洪水猛兽，但不可否认，上访也是让上层政府领导了解民意知道真相的途径。一直跟着带灯围堵拦截村民上访的竹子，没想到最后竟然也要通过这种形式为带灯鸣

---

① 王光东．“刘高兴”的精神与尊严：读贾平凹的《高兴》[J]．扬子江评论，2008（1）．

不平，这真是莫大的讽刺！贾平凹说："读完这本书，你可能有很多种理解，也许会认为作家在批判现实，也可能会觉得作家在歌颂带灯这样一个女性，其实我倒没有太多的想法。只是用带灯在镇子的日常工作，投射整个基层社会。在改革开放的转型时期，很多人性的东西都集中暴露了，而作家的责任就是真诚、真实地表达对社会的感悟，把似乎无解的问题呈现出来，引发关注和警觉，为人类进步提供中国经验。"与以往的作品多使用男性视角相比，《带灯》中贾平凹完全以女性视角来写作，众多男性人物都是围绕带灯而设置。书中带灯以悲剧收尾，燃烧自己，祭奠理想，充满了悲剧美学意味。贾平凹说："她用萤火之光照亮基层，但无奈的是，她始终都是萤火之光，微不足道，这不仅是她个人的悲剧，也是社会的悲剧。"（《带灯》后记）带灯有着丰富的内心和充沛的思想，在樱镇显得不合时宜，她始终追求宁静，时刻保持警惕不与身边的同事同流合污，但她却能与农民打成一片。看似弱小的女子，在基层工作中反而能舒缓村民的苦，是基层社会的润滑剂。生活中，她与仰慕已久的元天亮通过短信交流，这个深藏不露的人物实际上是带灯的信仰，精神上的交流、灵魂式的爱坚定了带灯的信念，使她愿意像树一样活着，默默地让内心美丽的情愫长成叶，开成花结成果。小说最后，樱镇上的河湾里有了萤火虫，一大片一大片，甚是壮观，而带灯终究是疯了。《带灯》在透视严峻的现实问题时，重点表现农民的生存现状与内心世界，揭示农村复杂的矛盾纠葛，这让我们看到，贾平凹在为底层写作，其在《秦腔》对失落的乡村的种种隐忧，到了《带灯》中已成为对突出的社会矛盾的关注。主人公带灯作为镇综治办主任，面对一群各有理由的上访户，其维稳工作做得异常艰难。这些上访户多为留守农村的老弱病残。这群病无所依、老无所养之人，将上访作为最后的救济渠道，遇到的却是阻碍与拖延。贾平凹正是站在农民的立场，对他们最初的“隐痛”和后来的“剧痛”都及时察觉并付诸文本，击中了乡土世界的软肋。《带灯》在小说结尾抹下了浓墨重彩的神奇灵异之笔。小说的下部名曰“幽灵”，写遭到人生沉重打击的女主人公带灯出了幻觉，她患上了夜游症，身上先是长满了皮虱，落满了萤火虫，此时的带灯如佛，全身散发着神奇耀亮的光晕，寓意带灯超脱了肉身凡胎而不再匍匐于现实的苦难，在精神上高翔远引。最终竹子忍受着上访钉子户王后生的嘲弄，为了讨回带灯的公道，也踏上也许永远都不会有结果的上访之路。所以《带灯》的底色是灰色的，充满了悲怆的美学力量。

《极花》是有关农村拐卖妇女题材的小说，但显然小说重心并不在于讲述一个被拐卖的故事，而在于借助这个充满悲凉和痛楚的故事，折射农村的荒芜和颓败，而这种荒芜和颓败在城市化进程中繁荣的掩盖下被深深地漠视。小说深刻之处在于揭示了城市与农村逐渐成了中国现代化之路的发展两极的现象——富者富，穷者穷，这不能不令人正视与深思。小说直面城市与乡村的不可逃避的二元对立的宿命，关注中国乡土社会并揭示乡土中国的困顿弊病。女主人公胡蝶是一个极重要的角色，不仅因为她是故事的主角，或是文本的叙述者，还因为在她身上我们看到了贫穷与落后地区的农村女孩直面命运的摆布，决绝离开故土，涌入到城市滚滚洪流之中，最终依然无法摆脱宿命的悲剧。这部小说，虽然主要是描写女主人公胡蝶的悲惨遭遇，但与此同时，作者的底层和民间立场，决定了贾平凹对于胡蝶命运悲剧的制造者——其买卖婚姻的丈夫黑亮也给予了无限的同情和理解。因为这一人物经历同样也是一个悲剧，而且从农村层面而言，黑亮作为悲剧的象征意义还要远远高于胡蝶。黑亮心地善良、头脑灵活、聪明干练，却仅仅因为生活于农村，竟然不得不靠买女人来组建家庭、传宗接代，这就更加凸显了当下农村的困顿与悲哀。小说带给我们无限思考的是，农村社会发展中的危机与困境，并不仅仅是经济的落后或物质的匮乏，还有人不能在祖辈的土地上繁衍与延续的问题："原来是经济可能把一个村子毁掉，现在是从性上彻底毁掉，从人种上彻底把村子毁掉，这是从根子上把人毁了。"（《极花》后记）黑亮们是善者、弱者，胡蝶们也是善者、弱者，可为了生存，当善者对善者施暴、弱者对弱者戕害时，这种悲剧是触目惊心的。无论是黑亮的生存环境，还是"前现代"的中国生活场景，传宗接代，人丁兴旺，都是生活在其中的人们人生最大的意义。小说中的"极花"和"血葱"有深刻的象征意义，极花象征着一种生存极致，却又让我们看到了外界的无休止掠夺，血葱象征着旺盛的生命力，可它催发的却仅仅是强大的性欲。无论是极花还是血葱，都无法让圪梁村走向新的生存境地，无法改变这里的生生死死。村子在古老的民俗中演化成了可悲的现代寓言。

小说的另一大亮点是激烈批判了在这样闭塞而沉闷的农村中，有些农村基层政权在传统官本位思想、蒙昧的农村环境和权力极度缺乏监督与制约的前提下，在改革进程中呈现出极大的负面性和阻碍性成了农村发展的束缚。圪梁村村长就是中国农村部分基层干部的一个缩影，从他可看出权力的贪腐与人性的恶在特殊的农村环境中恣意横行、膨胀。对中国农村有些基层政治生态的恶劣，贾平凹在《带灯》中已经表示了极大的隐忧，在《极花》中同样让人感到痛心。与贾平凹前期改革小说中人物如门门和禾禾相比，黑亮其实有着大致相同的生长背景，但可悲的是，他却再没有与他们相同的人生出路，他作为一个优秀者既收获不了乡村爱情，也无法带动农村的新生，甚至连他自己的前景都堪忧。他不再是一个农村的改革者形象，反而更大程度上成为衰退农村的最后守望者。这是《极花》在创作主旨上给文坛和社会带来的巨大冲击所在！

第二节

限知叙事与散点透视

笔者认为，《秦腔》之后，贾平凹的小说艺术表现模式，本质上都是日常生活的流水式记录，或者往更远一点说是在《废都》之后，每一部长篇小说整体的叙事结构和语言表达都基本定型了，正如《秦腔·后记》中，贾平凹将这种生活细节流的小说形态表述为“密实的流年式的叙写”。在《高兴·后记（一）》里，贾平凹谈到自己五易其稿的时候说：“这一次主要是叙述人的彻底改变，许多情节和许多议论文字都删掉了，我尽一切能力去抑制那种似乎读起来痛快的极其夸张变形的虚空高蹈的叙述，使故事更生活化、细节化，变得柔软和温暖。”《古炉》的写作依旧采取生活细节流式的“说话”，在写实的程度上甚至超越了《秦腔》。贾平凹在《古炉·后记》中说：“什么叫写活了，逼真了才能活，逼真就得写实，写实就是写日常，写伦理。脚蹬地才能跃起，任何现代主义的艺术都是建立在扎实的写实功力之上的。”又说：“长篇小说就是写生活，写生活的经验，如果写出让读者读时不觉得它是小说了，而相信真有那么一个村子，有一群人在那个村子里过着封闭的庸俗的柴米油盐和悲欢离合的日子，发生着的就是那个村子发生的故事，等他们有这种认同了，甚至还觉得这样的村子和村子里的人太朴素和简单，太平常了，这样也称为小说，那他们自己也可以写了，这，就是我最满意的成功。”因此说，《高兴》《带灯》《极花》首先是“说话”小说模式的延续，其次才是在此基础上的变体。

在此需要进一步说明的是，“说话”小说的叙事策略，建立在中西方叙事艺术融会贯通之中。通过不动声色地、不停地变换叙述角度，或使叙述者、主人公、读者之间的身份泾渭分明，各安其位；或将叙述者与人物合二为一，进入人物内心，极尽曲折地向读者传递人物的内心世界；或又将叙述者与人物分离，与读者的视线融合，冷眼旁观主人公的悲喜人生。小说由写事向写人的彻底转换，才成就了“说话”小说的结构。而在叙述情感节奏上，他一以贯之地注意把握高低起伏，张弛适度。他一如既往地把西方现代叙事艺术手法与中国传统小说的白描、对话融合在一起，表现人物的性格心理。《天狗》《黑氏》是这一时期最经典的代表作。

魔幻现实主义是拉美文学所开创的，但吸收了欧美现代派艺术的精髓，深受布勒东的超现实主义、爱略特的象征主义、乔伊斯、福克纳等人的意识流手法的影响，马尔克斯们大量借用印第安人的古老神话，用谈神说鬼的方式，打破主客观世界的界限，用复杂多变的结构，打破时空界限，编织虚幻情节，追求神秘新奇的艺术效果。

和《秦腔》一样，这三部小说使用或者部分使用第一人称叙述视角。《高兴》一开始并不是使用第一人称限知视角来讲述，而是传统的第三人称全知视角，结果必须穿插大量的主观说话，显得很生硬，定稿时为了摆脱主观化和情节流，改为第一人称限知视角。

与《秦腔》和《古炉》相比，《带灯》也有了艺术新变。这主要表现在小说中的二十六封信。如果说《带灯》主要的情节依然是反情节流的生活流与细节流叙写，那么穿插其间的书信部分则是女主人公的情绪流乃至意识流的书写，这同样是反情节流、反时间化的空间艺术手法。与意识流相比，情绪流介于理性与非理性之间，西方文学中通常将意识流限定在非理性或潜意识的领域，这意味着我们通常说的意识流其实应该是潜意识流或无意识流。带灯之所以给元天亮写信，主要是为抒发内心的苦闷，包括生活的苦闷和心灵的苦闷。[①] 如果说日常生活细节流是为了书写和拆解其生活中物质的重褶，进而折射出其人性和灵魂的褶皱，那么，日常生活情绪流或意识流的抒写则是为了直接敞开女主人公的人性和灵魂的褶子，包括内褶和外褶。[②] 贾平凹直接抒写带灯的情绪流或意识流与他整体叙写樱镇日常生活细节流一样，都是为了反抗小说的时间性，实现空间的板块式叙述。这种板块式叙述，又是借助三个系列的小人物群像来完成：一个是由带灯、竹子、书记、马副镇长等组成的基层乡镇干部系列，一个

① 李遇春．“说话”与贾平凹的长篇小说文体美学：从《废都》到《带灯》[J]．小说评论，2013（4）．

② 李遇春．“说话”与贾平凹的长篇小说文体美学：从《废都》到《带灯》[J]．小说评论，2013（4）．

是由元家兄弟、薛家兄弟、曹老八等组成的樱镇镇街人物系列，由分布在各村寨的带灯的“老伙计”（如刘慧芹、六斤等）、“十三个妇女”（丈夫都在大矿区染病），还有一些“老上访户”（王后生、杨二猫、朱招财等）组成的村寨人物系列。这三组小人物彼此联结，编织成生活之网，使日常生活细节流取代了故事情节流。如果说从《废都》到《带灯》，贾平凹走向了闲聊式的说话体，走向了日常生活细节流，实现了贾氏长篇小说从时间化到空间化的艺术转变，那么，从《秦腔》到《带灯》，贾平凹进一步通过人物群像块茎结构而实现了长篇小说的空间化叙事。① 真实再现了樱镇一群乡镇干部在社会综合治理过程中所遭遇到的形形色色的中国农民群像，完成属于我们这个时代独特的社会政治现象——“维稳”和“信访”文学意义上的实录。

值得一提的是，贾平凹为了增强小说的历史感，采集了大量的民歌民谣、奇闻轶事、笑话段子、野史方志之类穿插其中，《带灯》甚至还大量穿插政府公文、领导计划、会议记录、工作日记之类，这不仅不生硬，反而呈现出别样的味道。不仅使小说呈现出事件来源真实可靠的面貌，又使人物形象生动饱满。小说一开始就写到樱镇的人蛮横多事，因此“废干部”马副镇长的笔记本上就记录了20多年来那些“来时都英英武武要干一场事，最后却不是犯了错，就是灰不踏踏地被调离”的书记和镇长：

一九八二年赵国元书记……一九八九年李晁书记……一九九四年张发虎镇长……一九九八年李中庚书记……二〇〇〇年

---

① 黄大军．承受空间之重：贾平凹长篇小说的救赎美学［J］．当代文坛，2018（2）．

刘二强镇长……二〇〇五年黄千贵书记……接替黄千贵的是孔宪任……和孔宪任搭班子的许亘镇长……①

这些人物随后在故事的发展中都没有出现过，而且表面上跟情节发展没有多大关系，但作者却不厌其烦地通过“笔记”的方式将其一一展示，让生活的杂色显山露水。

《极花》不是对恶之花的礼赞，胡蝶两次蜕变，最终开出的那朵绚烂的极花，是对人性另一极的深刻反思和褒扬。这是作者将主人公胡蝶分离成客观的第三人称“他者”胡蝶和主观的第一人称的“我”的真实目的——让人物脱离作者和读者预设的轨道，表现更宏大的内涵。在仅有的简单故事情节的描述中，在黑色的主色调中调和出具有反讽意味的红色色系。贾平凹声称的“水墨画”浸染在一种浓厚的乡土风俗之中，透露出凝重斑斓的色块。如贾平凹在后记中所言：“当今的水墨画要呈现今天的文化、社会和审美的动向，不能漠然于现实，不能躲开它。和其他艺术一样，也不能否认人和自然、个体与社会、自我与群体之间关系的基本变化。”“假如你今天还是画花鸟山水人物，似乎这两百年的剧烈的、根本的、彻底的变化没有发生，那么你的作品是脱离时代的装饰品。不过水墨画不是一个直接反映这些变化的艺术方式，不是一种社会现象，不能为任何主义或概念服务。中国二十世纪的水墨的弱点在于它是一个社会现象，不是一个艺术现象，或更多是社会现象少是艺术现象。水墨对现代是什么意思？跟其他当代艺术方式比的话，水墨画有什么独特性？水墨的本质是写意，什么是写意？通过艺术的笔触，展现艺术家长期的

① 贾平凹．带灯［M］．北京：人民文学出版社，2013：6.

艺术训练和自我修养凝结而成的个人才气，这是水墨画的本质精髓。写意既不是理性的，又不是非理性的，但它是真实的，不是概念。”

第七章

现代历史的民间实写
——《古炉》《老生》《山本》

第一节 历史溶解于民间生活

持民间立场进入历史题材的写作，这是贾平凹自建立商州文学根据地以来的一贯选择。作为文坛常青树，已至花甲之龄的贾平凹，其长篇小说《秦腔》就商州的当代乡土中国叙事而言，已经达到最高峰，动用了他最重要的艺术资源宝藏。之后创作的现实题材长篇小说《高兴》《带灯》《极花》，实际上已经不属于商州文学的概念了。但贾平凹的商州，其实是一个有多重概念和意义的商州，这里有极其丰厚的秦楚民间故事、儒释道文化哲学，还有历史上的农民起义、现代山匪逛山的故事、“文革”历史故事。总之，秦岭山地丰厚的历史资源，绝不仅仅是商州当代农民的故事，还有丰富的人文历史和自然奇观，称其为挖不完的宝藏一点不为过。正如贾平凹在《山本》后记中所说的：“大的战争在秦岭之北之南错综复杂地爆发，各种硝烟都吹进了秦岭，秦岭里就有了那么多的飞禽奔兽、那么多的魍魉魑魅，一尽着中国人的世事，完全着中国文化的表演。当这一切成为历史，灿烂早已萧瑟，躁动归于沉寂，回头看去，真是倪云林所说：生死穷达之境，利衰毁誉之场，自其拘者观之，盖有不胜悲者，自其达者观之，殆不值一笑也。巨大的灾难，一场荒唐，秦岭什么也没改变，依然山高水长，苍苍莽莽，没改变的还有情感，无论在山头或河畔，即便是在石头缝里和牛粪堆上，爱的花朵仍然在开，不禁慨叹万千。”

20 世纪 80 年代中期，在写作《商州初录》的长途中，贾平凹沿丹江而下，到了陕、豫、鄂三省交界的白浪街，结识了彪悍豪爽的撑排汉，见识了水上男人豁达的生死观，喜与乐、爱与恨的奇特表达方式，他走村串户，深入了解偏远落后的山地文化和人的生存状态。他对于商州的地理和历史空间的思考格局，已经完全打开，不仅创作了《小月前本》《浮躁》这样的现实主义题材的中长篇小说，而且开始进入更为纵深的历史空间，创作了一批有关商州民国时期和“文革”时期等历史题材的小说，尤其是有关商州山匪的故事，比如《白朗》《五魁》这样的小说，充分表现了他对民间野史的浓厚兴趣，以及卓越的艺术想象力。另外，“文革”题材的故事非常独特，因为它既是历史过往，又是当代人生。经历过“文革”之痛的贾平凹，感受尤为深刻。如何艺术地再现这一段独特而敏感的历史和人生往事，是贾平凹艺术上需要攀登的又一座高峰。孟繁华曾说：“我曾参与过对《废都》激烈的批评，三年多过去之后，我们没有改变对《废都》的基本看法。但随着时间的推移，随着贾平凹《白夜》与《土门》的面世，我觉得对贾平凹的评价我们忽略了一个相当重要的层面，就是作为一个作家，他对今日中国社会生活的持久关注和耐心的表达。我们可以不同意他的方式，可以商讨批评他对文本内容的选择或设定，但他执着地选择当下社会生活变革给人们生存和精神带来的巨大震荡作为自己的表达对象，并且在一定程度上切中了这个时代的精神创伤，揭示了迈向幸福承诺过程中的人们巨大的感奋、矛盾与痛苦。”① 事实上，贾平凹不仅有对今日中国社会生活，对现代历史同样给予了持久的关注和耐心表达。《古炉》《老生》《山本》三部极其厚重的历史题材小说，就是贾平凹经过三十多年的艺术沉淀，奉献给文坛的惊喜。尤其是《古炉》，堪称中国有关“文革”题材的另类而优秀的长篇小说之一。

贾平凹说：“历史的河流在大拐弯的时候，船是颠簸的，冲击的惯性带给船上人的是刺激、惊叫、碰撞，甚至被摔出船舱。这对于船上的人或许幸与不幸，于写作却绝对是天赐良机。我是个写作者，半个世纪以来，经历了比战争更翻天覆地的洗礼，比如‘文化大革命’，比如改革开放。我遗憾没能为‘文化大革命’写点什么（这需要我在以后努力），但《废都》和《秦腔》正是我对世纪之交中国大陆的历史所做的一份生活记录，也是对我的故乡我的家族的一段感情上的沉痛记忆。”②《古炉》讲述了1965年冬到1967年春的一年多时间里，一个名为“古炉”的烧制瓷器的村庄，全村卷入“文革”运动之中。原本宁静的村落变成一个充满猜忌与暴力的精神废墟。村民们以革命的名义，为

① 孟繁华．面对今日中国的关怀与忧患：评贾平凹的长篇小说《土门》［J］．当代作家评论，1997（1）．

② 贾平凹．《秦腔》台湾版序［M］．北京：生活·读书·新知三联书店，2015：143．

了各自的利益，将原始的人性之恶完全释放出来，上演了一幕幕人间惨剧。贾平凹选择了民间文化立场，有意识地消解了“文革”社会政治化内涵，从村民的日常生活状态还原那一段令人痛心的岁月。我们似乎看到的是“文革”历史烙印裸露在乡土生活中的褶皱，以及被冲刷出的那个时代沟壑的纹理，充满质感和“文革”与乡村生活的历史性断裂感。“文革”对于众生而言，是对原本在民间生生不息的传统文明、伦理道德秩序的破坏。而这种传统秩序的恢复，还需要依靠像蚕婆和善人这样的儒家传统文化的守护者。正如贾平凹在他《文学的大道》中所说：“我们生活在一个剧变的年代，价值观混乱，秩序在离析，规矩在败坏，一切都在洗牌，重新出发，各自有各自的中国梦……破坏与建设，贫穷与富有，庄严和戏谑，温柔与残忍，同情与仇恨等同居着，混淆着，复杂着。……人性的善与恶就是这样在时代与历史中充分显示出来的。”①

《古炉》唤醒了作家珍藏已久的“文革”记忆，通过一个小小的村庄为人们展示“文革”在其中掀起的狂风巨浪。《老生》则讲述了一个跨越百年的故事，从20世纪30年代初的秦岭游击岁月到21世纪初的经济改革时代，包括“土地革命”“土地改革”“大跃进”“改革开放”“正龙拍虎”“非典肆虐”，大致勾勒出现代中国的历史之路。故事由一个饱经沧桑的“唱阴歌”老唱师娓娓道来。贾平凹以民间写史的方式，使老唱师的第一人称和各故事主人公的第三人称视角相交替，讲了四个历史故事，每个故事之前，加进一段《山海经》及其问答。《山海经》写了老唱师所经历过的山与水，《老生》的往事也是老唱师的所见所

① 贾平凹．文学的大道［J］．文学界，2010（1）．

闻。《山海经》是一座山一条水地写，《老生》是一个村一个时代地写。《山海经》只写山水，《老生》只写人事，包括李得胜、匡三、老黑们的“革命”；马生、栓劳、白河们的“土改”；老皮、刘学仁、冯蟹们的“大跃进”；“人民公社化运动”和“文革”；老余、戏生们的“发展”。四个故事对应着四个时代，20世纪中国社会的基本问题，几乎全有了对照。“《老生》中人和社会的关系，人和物的关系，人和人的关系，是那样紧张而错综复杂，它有着清白和温暖，有着混乱和凄苦，更有着残酷、血腥、丑恶、荒唐。这一切似乎远了或渐渐远去，而人的秉性是好光景过上了就容易忘却以前的穷日子，发了财便不再提当年的偷鸡摸狗，但百多十年来，我们就是这样过来的，我们就是如此的出身和履历，我们已经在苦味的土壤上长成了苦菜。《老生》就得老老实实地去呈现过去的国情、世情、民情。”①

这本书人物众多，故事看似荒诞不经却又如此真实，看似主线不清，实则以历史为线索。每当一个新人物出现，刚展开篇幅没多久，他却死了，比如老黑、墓生、戏生等。每个人似乎都在忙着生存，忙着灭亡，时代似乎也一样。关于这部小说的书名，贾平凹解释说：“此书之所以起名《老生》，或是指一个人的一生活得太长了，或是仅仅借用了戏曲中的一个角色，或是赞美，或是诅咒。老而不死则为贼，这是说时光讨厌某个人长久地占据在这个世上，另一方面，老生常谈，这又说的是人越老就不要去妄言诳语吧。”（《老生》后记）这部小说视角的开阔与形式的创新赢得了评论界的众多肯定，同时也因为文体的巨大创新性，引来一些非议。《山海经》是贾平凹近年来

① 贾平凹．老生·后记［M］．北京：人民文学出版社，2014：293.

格外偏爱的一部经典，在这次创作中，为作家提供了独特的灵感。在他看来，中国人的思维和中国人文化的源头都在《山海经》里，中国人对外部世界形成的观念是从《山海经》而来。事实上，贾平凹自年轻时候起就对《山海经》这样的神话故事充满浓厚的兴趣。“我有使命不敢怠，站高山兮深谷行。风起云涌百年过，原来如此等老生。”在《老生》这本书的封底，印着这样两行小诗。“文学是对社会的记录，也可以说是一种记忆。对具体的一个作家来讲，他写的东西就是他的记忆。个人的记忆是个人的记忆，大了以后就是一个族类、一个国家、一个民族或者是一段历史的记忆。”《老生》图书出版编辑孔令燕说：“我觉得这部作品和以往相比，有着质的突破。我也是《古炉》和《带灯》的责任编辑，贾老师以往很少写历史，但这本书不但写历史，还渗透着对中国古代典籍的领悟。我觉得完全是用中国的方式在讲述中国的故事。”①

同《古炉》一样，《老生》没有使用历史的宏大叙事，记录的多是底层人的人生细节：李得胜残忍杀害无辜百姓；马生出于个人利益而随意改动地主成分的划分；刘学仁在棋盘村制造的“政治”恐怖；老余炮制的假老虎以及毒蔬菜事件……贾平凹正是通过这些细节敞开历史不为人知的另一种面相，一种未被规训、整合的粗粝本质，深刻揭示了重重历史叙述的涂抹与粉饰之下，百年间“历史”并未“进步”，也并未走向“理性”，一切“已有的事后必再有，已行的事后必再行，日光之下并无新事”，这真是太残酷了。这也充分体现了贾平凹在历史叙事领域杰出的批判现实主义文学精神。

---

① 张静. 记录百年故事［N］. 江西日报，2014-11-07.

《老生》的文体意义，不在唱师所讲的四个故事之中，亦不在《山海经》的数个段落中。二者的复杂互涉与精神对照，是理解和解释《老生》的核心。如同并不在场的奥德修斯（拉丁文称为尤利西斯）及其英雄经历之于乔伊斯《尤利西斯》的意义。如果单纯从唱师所讲的故事入手，指出该作的意义在于从个人经验（非政治的，隐秘的）出发，完成对历史的宏大叙事的“祛魅”，是无法洞悉这部作品内在意涵的。如果说贾平凹通过《老生》的写作“从人类精神原料里创造出前所未有的某种东西”（福克纳语），那便是对“解衣磅礴”的世事参透之后的“燕处超然”。“不以物喜，不以己悲”，还得有些游宴自如、忘其肝胆的大自在精神，方能超越形而下的牵绊，获致精神的内在自由。这当然有老庄的意味，但也不乏“禅”的意境，而贾平凹最为看重的，恐怕还是“儒”的安宁。

《老生》写人事纠葛，写人间冷暖，写事态变化，背后都有大时代的社会背景做底色，人生的兴衰际遇，个人的悲欢离合均在大背景下先后展演。《老生》也写情，写万物变化，四季转换，却如《中庸》所言之“极高明而道中庸”。写自然境界、功利境界、道德境界，那高明却在“天地境界”，因之有了贯通天地的大悲悯、大寂寞、大欢喜，也因这大悲悯、大寂寞、大欢喜，人生的诸般际遇有了解脱。《山海经》的世界想象，在《老生》中衍化为个人生命平和转换的精神背景。百年风云变幻的中国历史不过是人物施展抱负的舞台，那背后是广阔天地、宇宙万物，有人在天地之间的大悲悯、大寂寞、大欢喜。这是真正的中国智慧、中国思维，一半写人和，一半写天道，二者的合一，便是《老生》隐秘意义的所在。①

2018 年，贾平凹发表长篇小说《山本》，这又是一部惊心动魄又荡气回肠的小说，应该是中国当代最好看的土匪小说之一。《山本》展开的情节和故事，是以秦岭以及陕西 20 世纪 30 年代的民国史为背景的，它描述世俗烟火中各自展开的日常人生，思索处于时代激流中的人物命运：个体的渴望与困顿、理性与情感、人性的复杂与黑暗、彼此的争斗与残杀。② 小说主要围绕陆菊人和井宗秀的传奇故事展开，着重描写了四次惨烈的大事件，作为小说的情节结构：第一次是井宗秀与五雷、王彪等土匪的智斗，最终土匪全员被剿灭，同时也推翻了涡镇两大地主巨头（盐行吴掌柜和茶行岳掌柜）。第二次是井宗秀的 69 旅预备团和跳槽变节到县保安队当队长的阮天保的争斗，井宗秀将发小阮家一家全部杀害。第三次是井、阮双方公报私仇的故事。井宗秀再次胜利，在涡镇兴师动众、劳民伤财修建钟楼、戏楼，对叛徒剜心割肉、做人皮鼓示众。种种行径招致手下人的怨言和不满，后被阮氏设计杀害。第四次是井宗丞为了给弟弟报仇，在涡镇组织大规模进攻，他和涡镇百姓都无辜死在了枪林弹雨之下。这是贾平凹写得最残酷的一本书。《山本》写出了农民和下层民众参与的各种武装力量之间的暴行，残暴的复仇方式，例如剥皮做鼓，开膛剜心……太多百姓死于无辜。

> 这是有多少炮弹啊，全都要打到涡镇，涡镇成一堆尘土了！陈先生说：一堆尘土也就是秦岭上的一堆尘土么。陆菊

---

① 杨辉．《老生》：有贯通天地的大悲悯大欢喜［N］．中国艺术报，2015 - 04 - 13.

② 贾平凹，王雪瑛．声音在崖上撞响才回荡于峡谷：关于长篇小说《山本》的对话［J］．当代作家评论，2018（4）.

人看着陈先生，陈先生的身后，屋院之后，城墙之后，远处的山峰层峦叠嶂，一尽着黛青。

涡镇只是秦岭的一砖一瓦，秦岭也只是中国的一座山脉，纵然世事变迁，可山岭依旧在那里，土地依旧在那里。

小说气韵饱满贯彻始终，对于秦岭山水草木、沟岔村寨的勾画，对当地风物习俗的描写，清晰而生动，使读者如置身其中。正面描写游击队、政府军、预备旅、保安队、土匪、山贼之间一场场错综复杂的武装冲突，有情节有细节，有声有色，充分揭示了你死我活的血腥残酷。人物众多，群像各有面目。塑造得最好的是陆菊人这个光彩照人的女性形象，以及陆菊人和井宗秀之间互为知己般的纯洁爱情。在那个昏天黑地的时空，陆菊人就像一轮满月一样迷人并给人慰藉。[①] 贾平凹说："关于秦岭，我在题记中写过，一道龙脉，横亘在那里，提携着黄河长江，统领了北方南方，它是中国最伟大的一座山，当然它更是最中国的一座山。我就是秦岭里的人，生在那里，长在那里，至今在西安城里工作和写作了四十多年，西安城仍然在秦岭之下。话说生在哪儿，就决定了你。所以，我的模样便这样，我的脾性便这样，今生也必然要写《山本》这样的书。以前的作品，我总是在写商洛，其实商洛只是秦岭的一个点，因为秦岭实在是太大了，大得如神，你可以感受与之相会，却无法清晰和把握。曾经企图能把秦岭走一遍，即便写不了类似的《山海经》，也可以整理出一本秦岭的草木记、一本秦岭的动物记吧。"（《山本》后记）

《山本》这部奇书的出世，可以视为贾平凹将自己创造的商

---

① 王文.《山本》描绘秦岭画卷［N］. 深圳商报，2018-04-08.

州文学世界用秦岭山地世界取而代之。如果说，商州代表了山清水秀，人美情美的乡土抒情时代，寄托了贾平凹昔日的审美理想，那么，秦岭山地世界俨然是大格局、大境界，气象宏大，是中国几千年文明的象征。为中国写志，成为贾平凹新的艺术追求。

第二节

地方志与生活流的微写

写历史题材小说，多半绕不开地方志。熟读历史和方志，才能全面了解历史故事的时间和空间背景。中国现当代文学创作与方志，还是有一定的渊源的。在20世纪90年代初，研究界曾有人提出方志小说或方志文学的概念。“这些异闻逸事资料，应属小说之列。但由于至今尚没有人专门收集、整理、研究，故没有定名，姑且名之为‘方志小说’。”① “张爱玲笔下的上海、沈从文笔下的湘西、赵树理笔下的山西、孙犁笔下的冀中……构筑了一部‘地方志文学史’。”② 这些小说最大的特点

① 辛谷．“方志小说”探源［J］．暨南学报（哲学社会科学版），1991（1）．

② 刘卫东．被“家”叙述的“国”：20世纪中国家族小说研究［M］．北京：中国社会科学出版社，2010：287．

是以某个地域为写作对象，有比较鲜明的地方民俗文化特色，并由此形成作家的艺术风格和写作标志，但还不能称为地方志小说。贾平凹的《老生》和《山本》两部小说与上述概念完全不一样，不仅两部作品都以秦岭地域作为描述对象，书中还有大量对秦岭自然风貌、人情风俗文化的书写，最重要的是，贾平凹在文体形式的创新探索上所做的开创性贡献。因此，贾平凹的《老生》《山本》才是真正意义上的方志小说。《古炉》这部作品主要以人事为主，还没有清晰的方志小说的特点，但小说被设计为“冬、春、夏、秋、冬、春”六部，出现大量地名、树木名、山名、水名、物产名、异物志，也算有秦岭方志故事的意识。

编修方志是我国悠久的文化传统。“方志”一词则首见《周礼·地官》。一般来说，方志脱胎于地理学，最早的地理著作有《山海经》,《山海经》记载了远古时的山川、形势、物怪等，它们被认为是方志的雏形。魏晋南北朝时期为地记方志发展繁荣时期。以人物为主要内容的有耆旧传、先贤传等，以地理风俗为主要内容的有异物志、水道记、山水记（或山川记）、地记、风俗记等，比如《华阳国志》。《华阳国志》是我国现存最早的、比较完整的以志命名的地方志，它记载了4世纪中叶以前今四川、云南、贵州三省以及甘肃、陕西、湖北部分地区的历史、地理、人物。隋唐时期，朝廷号令编纂图经（图志、图记），其内容主要包括建置沿革、地名的由来、山河的走向、物产、风俗民情和名胜古迹等。两宋时期，多次编纂全国性总志，官修、私修志书达四百余种，方志内容更加全面、丰富，体例形式渐趋稳固，体例基本定型。明代修志事业十分兴盛，方志编修日益制度化，朝廷多次颁布修志诏谕，制定统一凡例。方志记述的重点也开始从地理情况延展到社会的众多方面，“人物”和“艺文”在方志中占据了比较重要的地位，形成了后来方志的一般格局。像《太平寰宇记》《元丰九域志》以及被称为“临安三志”的《乾道临安志》《淳祐临安志》《咸淳临安志》，都是当时具有代表性的地方志。永乐十年（1412）颁布的《修志凡例》，是已知中国最早颁布的志书编纂法令。①

贾平凹将小说的结构艺术范式，由情节流发展为生活流、情绪流，为中国当代长篇小说做出了很大的贡献。随着贾平凹年岁的增长，其世界观、艺术观的视野越发开阔宏大，境界、格局也开始由人文历史逐渐向天地人的天人合一之境迈进，这真是了不起的气魄。秦岭是中国最伟大的山，是秦岭给了贾平凹启发和智慧。《老生》尝试将《山海经》融入小说内容，与现实故事构成互文的效果，《山本》则是贾平凹正式为秦岭立志。《山海经》是博物志、历史书和地理志，《老生》以《山海经》作为谋篇布局的提纲是对方志的致敬。《山海经》描绘中国远古的山川地理，写了一座座山一道道水以及山上和水里的丰富物产，而《老生》则是写秦岭的一个个村，一个个人。很多具有地方色彩的事物也以确定的“名”的形式出现，故事不断在不同的乡村移动，如清风驿、万湾坪、青栎坞、黑水沟、正阳镇、老城村、过风楼镇、当归村、上湾村、下湾村等村落，增强了小说的质地感。除了秦岭的山川地形，当地丰富的物产也在小说中随着游击队的游走而得以呈现。小说还穿插了一些具有奇幻色彩的故事，如当地流传的通灵巨蟒、牛豹相斗、画符烧须、王朗报恩的传说。

① 中国方志网 http：//www.difangzhi.cn/zs/zsbz/.

《山本》原名《秦岭志》，是一部关于秦岭的大书，显示作者更高的文化和地理空间视角，以及天地人合的终极关怀。小说气韵饱满，秦岭的山水草木、沟岔村寨、风物习俗，无不清晰而生动。小说以涡镇为中心，通过不同政治力量的斗争，串联起方塌县、三合县、桑木县、麦溪县以及纸坊沟、黑水沟、黄柏岔、留仙坪等大小村落，还有莲花山、云梁寺、馒头山等山峦，把秦岭的丰富物产、乡风民俗，以知识的形态呈现出来。可以说，《老生》《山本》共同将秦岭的博物风情一一呈现在读者面前，构成了秦岭的“百科全书”式书写。

方志小说毕竟还是小说，主体还是写人，写人事。因此，秦岭的人文历史及身在其中的人构成方志小说最重要的叙事，一个个鲜活的人物及其传奇故事在秦岭上演。《老生》写了秦岭的百年历史发展进程，是人的欲望和执念促成了历史发展，如第一个故事关于秦岭游击队的成立，是人的欲望起到了关键作用，老黑只是为了吃饱饭而走上了革命道路；雷布为了报家仇而参加了革命；匡三本是一个贪生怕死、有点无赖气的小人物，也是因为生存而参加了革命，他参加革命之后，最念念不忘的还是吃喝问题，不仅贪吃还贪生怕死，后来成了秦岭革命历史上响当当的大人物。《山本》写的也都是在秦岭山中的底层小人物。土匪、刀客、保安团、预备旅等各种各样的势力都进入了贾平凹的视野。作者以悲悯的情怀观照着人们，拷问人应当怎样活着。

《古炉》的写作时间早于《老生》和《山本》。除了有一定的方志写作意识，其主要的艺术特色还是继承了《秦腔》，甚至是《废都》以来的生活流、情绪流的紧密写实惯性。贾平凹让“狗尿苔”这一心智发育不全的孩子的目光所到之处形成特定视角，游荡在古炉村，进行了“看见什么，便是什么”的“微观历史的还原”。这是一种贴伏于地面的写作，从容不迫，浑然天成，随心所欲，达到了炉火纯青的地步。[①]

① 贾浅浅．历史与文学的双重变奏：贾平凹《古炉》的双重叙事策略［J］．文艺争鸣，2017（6）．

第八章

贾平凹长篇小说思想话语的迁移

第一节 诗情与启蒙批判的复调

长篇小说好比文学艺术中的黄钟大吕，能发出振聋发聩的声音，传递动人心魄的思想价值观念，具有令人拍案叫绝的动人艺术力量。在《商州》创作之前，贾平凹始终致力巩固自己的文学思想根基，借助自身强大的文学才华和宽厚的艺术储备，逐渐在长篇小说创作领域形成自己的文学思想话语体系。

毋庸置疑，西方的现代化理论无论在认识论还是价值观上，都牢牢支配了20世纪80年代的文学乃至整个人文社会科学，西方启蒙话语与现代化理论之间的影响—接受关系是显而易见的，同时西方的现代化理论也是“五四”以来激进反传统的文化启蒙工程的延续。“五四”以来中国思想界、知识界的主流一直认为：中国“落后”的根本原因在于中国传统文化以及它所塑造的病态“国民性”，从而得出反传统是中国现代化的必由之路。在这个内因论的解释模式支配下，反传统与改造“国民性”成为“五四”以来新文化运动的中心主题。我们从贾平凹的诸多创作主题中可见其对“五四”文学主题的延续。国民性批判的突出特点之一就是在民族国家的内部解释发展（现代化）问题，把中国社会内部的文化传统视作现代化的对立面。改造这种文化即改造国民的精神，是现代化的第一要义。这如同鲁迅在《呐喊·自序》中表示的：“……医学并非一件紧要事，凡是愚弱的国民，即使体格如何健全，如何茁壮，也只能做毫无意义的示众的材料和看客，病死多少是不必以为不幸的。所以我们的第一要著，是在改造他们的精神。”

贾平凹不仅在思想意识上主动标示人物与时代精神的差距，而且逐渐由以往单纯以故事和人物性格来吸引人的传统写作手法、利用限知式的人物叙事视角的写作手法，过渡到开始尝试用意识流手法描写人物的心理活动。如《他和她的木耳》《清官》《七巧儿》和获奖的《满月儿》都是用了“老师”“记者”这种特定身份，以其限定性的叙事视角讲故事，对人物进行近距离的描写；而《野火》《水月》《瓦罐》《雨后》《月夜》等，都打破了这种相对被动老套的写作路子，直接深入人物的内心深处，用人物内心世界的描写反映生活，传达主题。《野火》之所以被当时的评论界看重，其独特的艺术构思和表现手法占了很大的因素。

贾平凹 1980 年的创作，由于写作惯性，在艺术境界的追求上，他延续了 1979 年的写实手法，但已经开始有意识地让作品升腾起来，适时地注入一些象征物，用诗歌的表现手法写小说，在写实中不忘留一些虚灵的空间。在写象征物的同时又时时不忘回应人物性格，由此使作品的风格变得柔美、抒情，充满诗意色彩。这个特点在前两年的作品中也偶有出现，比如写《满月儿》里的“月儿”清脆迷人的笑声，不仅生动地刻画了这位生气勃勃的年轻姑娘的性格，也让笑声象征了一种新时代的情绪，只是那时他还没有形成真正的创作自觉。到这一时期，贾平凹开始大量使用与主人公的人格或情感、情绪相对应的象征物丰满文章，生动细节，起到画龙点睛的作用。《歌恋》里的“歌”、《七巧儿》里的“桐树桩”、《头发》里的“头发”、《病人》里的“红梅画”、《下棋》里的“下棋”、《大碗“羊肉泡”》里的“羊肉泡”、《瓦罐》里的“瓦罐”等都是借象征物来阐发作者的深层创作意蕴。由这样一种创作思路，贾平凹逐渐感觉到了小说写作与散文创作的“曲径通幽”。他在写小说的同时，感觉到有些需要直接抒发的情感不太易于言表。

1980 年的贾平凹，尝试写下了几点心迹：《钓者》《母亲》《空谷箫人》《月迹》《冬景》《地平线》《丑石》《静虚村记》《溪》。这些散文，侧重于抒情，贾平凹把自己优柔的目光，投向充满魅力的大自然、天上人间、乡野都市，它们是丑的汇集地，更是美的伊甸园。当贾平凹拥抱它们的时候，他带上了哲理的思考、人生的追求、生活的积淀和自我的美学理想，以表现内心的心理结构和情绪变奏。

贾平凹倾向于在自然生态的大千世界里书写自我的内心，对风景的描写，培养了他的艺术感觉和文学素养，磨砺了他抒情写意的笔致。王国维说，一切景语皆情语也。情为景生，景为情注，二者是互为表里的关系，情可使景情意化，具有人的思想、情感、性格，具有人的灵性和生气；景可使情物质化，使之可触可感。比较起来，情起着主导和决定性的作用。只有当创作主体具有丰富深刻的思想情感，才有可能将这种思想情感通过艺术想象移情入景并触景生情。一篇《丑石》，让贾平凹在散文创作界声名鹊起，它展现了贾平凹甘居人后、默默奉献、胸怀奇志的高标人格。《空谷箫人》更寄托了他从此将美作为自己一生追求的梦想。

1981 年，贾平凹的艺术创作进入了相对稳定的高产期，他对社会生活有了更为深沉的思考，其创作方法出现新的特点。贾平凹短篇小说的创作在这一年积累了许多成就。他的小说在保持向生活深处挺进的同时，在主题意蕴上有了虚静、淡远的意味，作品升华了。与《山地笔记》中的作品相比，这一时期的小说显示出了很大的复杂性，美学观点由原来一味讴歌美鞭笞丑，转为对人性“美中有丑，丑中有美”的复杂性的认可。贾平凹对生活的认识更靠近了本质，对人物的生活与命运的关照充满了深邃的哲理思考和历史沧桑，他对生活中蕴含的人生深意，借助自己过人的艺术感受力深入地挖掘下去。

《乡里舅家》的主题是独到的，深刻而集中地揭示了人心的狭隘和忌妒心给生活染上的伤痛；《任小小和他的舅舅》保持了 1980 年小说的风貌，作者还运用得心应手的儿童叙事视角，展示了儿童天真美好的心灵和城市社会人群关系的丑恶与虚伪；《好了歌》虽然艺术成就并不是最高，但最能代表贾平凹此阶段的艺术风格：充分体现人性的复杂性，美丑交揉，作品的时代气息淡薄，审美情感体现出哀怨、虚无的基调。《沙地》也是如此，并且在较短的篇幅中，作者用冷静观世之笔意，整合了刘诚老汉大半生的命运，初步显示贾平凹较为精到的艺术概括能力。这一时期的小说，在立意和手法上都较为新颖，在景物描写、人物刻画、情节叙述上，“多不拘守客观事物的表面形貌、发展进程和外在逻辑，而是撷取作者所领悟到的事物的神髓，运以写神的笔意，给予迁想妙得的表现”。①

1981年，贾平凹的中篇小说《二月杏》、短篇小说《晚唱》和《鬼城》引起评论界较大争议。《二月杏》这篇小说通过一个叫大亮的地质工人和当地一个下放女青年二月杏的感情悲剧，揭示了十年浩劫给一代青年的思想心灵带来的巨大伤害。尤其是二月杏，她为了对社会进行报复，不惜以伤害、牺牲真心爱她的人的感情为代价，甚至到了变态的地步。该小说是贾平凹第一次以较为成熟的中篇体裁及艺术手法表现其对历史与生活的深层思考，调子的确伤感了一些，但基本上还是写实的，有深厚的生活基础，集中体现了贾平凹这一时期创作的特色：对渗透在各个角落的历史惰性力、国民劣根性的揭示，及时反映了一个青年作家的时代追求、思考及苦闷的情绪。

当时引起争议的主要问题是小说的感情基调过于伤感而又不太健康。争议的主要话题是小说在处理历史错误遗留下来的心理创伤时，造成主人公性格上的扭曲是不是可信，是不是有典型性。而且有人认为小说的感情基调太伤感压抑，似乎不太利于文学的健康发展，比如臻海认为《二月杏》提供给人的是一幅被歪曲、丑化了的、色调灰暗的生活图画。小说撷取地质工人队伍和山下小镇居民中的一些消极的现象并加以淋漓尽致地渲染，却没有把这一“点”恰当地放到历史时期的宏大背景之下，没有表现或者暗示这类消极的、落后的东西必然要被积极的、前进的事物所取代或战胜的客观趋势。小说的悲剧收场并不是生活发展情节演进的客观逻辑所使然，它宣扬一种没有前途、没有出路、

① 费秉勋．贾平凹论［M］．西安：西北大学出版社，1991：112．

无可奈何的悲观主义情绪。①

而陈深以《二月杏》为例，指出贾平凹这时期相当一部分作品在认识、评价、把握生活上不够准确，表现的思想比较消极。他写人物的精神创伤，以至于在痛苦中不能自拔，他写人物命运的坎坷，以至于很难看到生活出路；他否定尘世的污浊，以至于有时候否定人生的意义。主人公一切行动都毫无意义、人生毫无出路。由此，陈深认为《二月杏》的创作主旨意在演绎一生就是剧场的虚空观念，是整部作品的艺术匠心所在。② 费秉勋则认为《二月杏》的独到之处在于把时间背景放到主人公二人关键性的生活变故之后，让他们和生活发生关系，把他们作为生活的化学试剂，让生活在他们身上发生反应，写出他们带着旧的伤痕在生活的浪涛中挣扎，内心隐秘的感情激越地涌动。两个本来互不干涉的青年邂逅产生了带着苦味的爱情，然后又匆匆分手，给读者留下无限的惆怅。这篇作品旨在谴责“文化大革命”，挖掘这场浩劫所造成的青年一代的心灵创伤，而对生活的展望显然太伤感，不切合生活本身的基调。③ 晓钟概括《二月杏》的主题是：“人生是空虚的，在现实生活中，个人掌握不了自己的命运。作家是基于对现实生活的这种认识出发进行创作的：即十年动乱把爱情、人生、真善美等美好的东西统统扭曲了，今天的生活中已经不再有真善美，即使有也掺杂生活的污秽。”④ 相似的题材在1981年前后的文坛早已有人涉足。之所以

---

① 臻海．揭出病苦应是为了疗救：评中篇小说《二月杏》［N］．工人日报，1982－03－26.

② 陈深．把生活的井掘得更深：贾平凹小说创作直观录［J］．延河，1982（4）.

③ 陈深．把生活的井掘得更深：贾平凹小说创作直观录［J］．延河，1982（4）.

④ 胡采，等．贾平凹近期创作研讨会［N］．地质报，2014－03－08.

有人对贾平凹的创作一再提出非议，是因为贾平凹的前期创作，以《山地笔记》为代表的一类作品多是展现人物的美好心灵，让读者醉心于美的情境当中，受到精神美的感染和陶冶。而现时的创作与早期反差极大，几乎走向另一个极端。这使一部分老读者一时无法接受，但好在赢得了另一部分与作者在思想情感上有共鸣的新读者。在之后不到两年的时间里，他另外两篇短篇小说《晚唱》和《鬼城》再度进入读者的视野。《晚唱》描写了“木楼大郎”穆仁文，被时代风雨吓破了胆之后过着可悲平庸的生活，细腻地展示了主人公猥琐、平庸的灵魂和几近变态的爱情心理。但有人批判这部小说是一部有着严重缺陷的作品，小说立意不高、格调低沉、感情压抑，与努力奋进的时代精神格格不入，主人公的变态心理在现实生活中没有依据。他们认为“暴露、批判生活中落后、丑恶的东西，也需要作家有着高尚的情操、正确的美学观点和健康的艺术趣味，否则，就会在暴露落后的、丑恶的东西的同时流露不健康的东西”。《鬼城》的争议更为激烈。小说通过主人公吴七去鬼城——实际上是坟山——凭吊，引出了一个时代（“文化大革命”）的悲剧。批评者认为，小说的环境设置，忽略了普遍性和社会性，只抄录了生活中个别不幸事件和现象，割裂环境的个别和一般的统一联系。而主人公的羞愧和懊丧，没有联系国家灾难的社会、历史、阶级原因来批判其兄长的罪恶劣迹，而是归为个人的命运、归宿。而且吴七游离于社会之外的善良在读者当中只能引起伤感、消极的社会效果。① 还有人言词更为激烈，认为小说不能从本质上开掘“文革”武斗悲剧的历史原因，看不到党的力量、人民的生气、社会主义的前进，

① 黄树森．评《鬼城》［J］．花城，1983（1）．

连人与人之间起码的友情和谅解都不多见，在描写中根本嗅不到一点新时代的气息，根本不能达到深刻揭露“四人帮”的目的，不能触及躲在幕后策划武斗的罪犯——“四人帮”的一根毫毛。英雄吴七满口脏话、粗暴无礼，丝毫不能给人以美的享受，因此，《鬼城》是一部失败之作。[①] 贾平凹在当代新时期文学关于“文化大革命”的反思思潮当中，已经发现中国文化在由封闭逐渐走向开放的过程中启蒙话语的重要性，也意识到时代赋予作家进行启蒙教育的急切性。理性的丧失是“文化大革命”那个荒唐年代的悲剧。理性是认识和改造世界的工具或武器，是自我意识或不断反省自身的精神。如果说，小说仅仅是用来阐释生活的思想和情感，而艺术形式只是消极的手段和途径，那么贾平凹将毫不犹豫地放弃写作。在贾平凹眼里，用小说传达思想哲理只是一个方面，创造艺术之美才是作家的天职。有哲人说，哲学的终点是诗，诗歌的起点是哲学。诗意和哲理的巧妙融合，才是艺术的佳境所在。早年他从诗歌写作转为小说创作，就是发现了自己的写作长处在于以叙事来抒情。他还要在小说领域继续他的艺术实验。多年以来，他一直坚持将小说作为艺术试验的观念，才有多成效的骄人业绩。之后的长篇小说《商州》《浮躁》《妊娠》，正是这种创作思想观念的体现。的确，他的小说创作，艺术形式的实验意味大于哲理的阐发和情绪宣泄。小说招致争议，某种程度上也是因为转变得太快，让许多读者和评论家无法适应。贾平凹意识到现在的关键问题是如何能用真正的具有中国味道的艺术语言、故事情节和结构写出好看又耐看的小说，并能表现自己所处的时代精神，时代中人的生活、思想、情感和心理状态。

---

① 施谭．令人失望的《鬼城》［J］．作品与争鸣，1983（6）．

第二节 启蒙理性与传统感性之间的对抗与裂合

20 世纪 90 年代以来，当我们将贾平凹的创作纳入当下的文化精神空间来考察，可以发现现代性话语和传统文化的冲突与融合。现实的文化语境对贾平凹转型前后的创作所造成的制约或推动性影响，有一条清晰可见的脉络，这包括作者的文学思想观念的演化和艺术形式的探索两个过程。这种文化冲突对贾平凹的创作带来的制约或影响，在其转型之前固然也存在，但并不是很明显，相反，贾平凹的前期创作，既能以较高的文学技巧充分阐释传统美学的形态与特征，又能以积极的心态跟踪新时期以来文学现代化的脚步，而且这二者在艺术上结合得较为成功。然而作者步入中年后随着生活阅历的复杂化，其艺术创作观念也产生了重大变化，这势必影响其文本创作。长篇小说《废都》充分暴露作者在关于现代文明与传统文化如何交融的思考过程中的巨大矛盾和困惑，我们正是在这个意义上认为贾平凹的创作进入了转型期。《废都》之后创作的《白夜》《土门》《高老庄》《怀念狼》《病相报告》，是他对这两种文明之间的冲突与困惑的进一步表达并企图整合二者的努力。我们说，作家个人的文化认知格局限定了自身创作中的文化和审美的表达，有什么样的文化认知，就产生什么样的思想及其相应的审美方式，作者也以此为依托建构艺术文本。以贾平凹整体的创作成绩而言，其深厚的传统文化底蕴与现时代的现代性话语的激烈碰撞，对于丰富中国当代文学的历史内涵和时代精神，在当代作家中几乎无人可以替代。我们研究转型之后贾平凹的整体创作规律，分析其创作中形成的巨大艺术张力或悖论之所在，将其纳入中西方文化对抗又交融的现实文化语境中考察，其重要的前提是，文化最终规定了思维主体——人的一切本质，人的一切活动都是自身文化的烙印，而文化作用于人，一方面呈兼容并包的特点，另一方面某种文化最终会对个人起主导作用。从这个意义上说，启蒙话语与传统文化在贾平凹创作中的对抗、交融就值得进一步深入探讨。

与同时代的城市题材小说相比，贾平凹小说对现代性的思考与批判，是建立在极其丰富的历史文化底蕴的同向反思基础之上的。现代理性与感性的传统经验在贾平凹身上矛盾地交织着、对抗着，既给他的创作带来巨大的艺术张力，同时也让贾平凹陷入思想的困境，无法明确选择，这使作品出现了诸多的观念悖论，损害了小说思想表达的清晰度和深刻度。这也是贾平凹转型后努力要解决而一直没能解决的问题。

传统文化的经验无疑是贾平凹人生观与文学观强有力基础，

对一个极其顽固的持有民间立场的作家而言，完成现代性认识的转化，只能建立在传统为体、现代为用的原则基础之上。面对文化的废墟，文化的重新建构势在必然，通过《白夜》中表现出来的文化景观，贾平凹重新投入历史的姿态被彰显出来。考察《白夜》之后的系列长篇小说创作重心之所在，可以发现贾平凹对传统与现代性之间的文化冲突性思考，是站在经过整合的、具有现代意味的传统文化的基本立场上的。事实上，与西方发达的理性思辨文化色彩相比，中国文化的思维文化之本质极其感性，对于以“悟”为创作主要特点的贾平凹来说，感性文化已经与他水乳交融，无法分开。几千年来中国文化的历史行程表现出民族文化传统与外来文化互渗又互补的消长规律，文化道统所拥有的既封闭又开放的魅力，对贾平凹在创作转型之后，及时形成其内在的文化思维机制起到了关键性的制约作用。但这种对传统文化的认识已经是一种否定之否定的结果。而其中最重要的影响因子，恰恰又是外来的现代理性文化的推波助澜。

从西方现代文明发展的历史看，现代性作为一个历史概念，更多指 17 世纪至 18 世纪启蒙运动以来的成熟的资产阶级政治和文化。齐格蒙特·鲍曼指出：“我把‘现代性’视为一个历史时期，它始于西欧 17 世纪一系列深刻的社会结构和思想转变，后来达到了成熟。”①

现代性在某种程度上首先是启蒙精神的另一种表述。启蒙思想给西方社会政治、经济、科学技术和文化的发展带来了巨大的推动力。启蒙运动最重要的成果是打碎了中世纪宗教神学的束缚，使理性和知识得到了广泛的传播。“知识就是力量（权力）”

① 周宪．现代性的张力［M］．北京：首都师范大学出版社，2001：5.

的观念，成为一种生存信念，形而上的宗教世界观让位给了理性。以此作为对照，中国现代化的过程中，启蒙理性在推动中国社会快速发展方面，同样起到了极其重要的作用。

贾平凹转型后作品中的启蒙理性与传统感性之间的对抗冲突，呈一种双向互动的结构模式：一方面，他通过对西方现代启蒙理性的观照，把传统社会中固有的守旧、愚昧、狭隘、短视、功利、求同等文化惰力和丑陋性，赋予到人物身上进行批判，极尽讽刺挖苦之能；另一方面，传统文化又像一面镜子，无情地暴露了现代文明社会的局限性和弊端，照出其背后的“恶”来。《白夜》里开金矿的个体老板宁洪祥，是改革开放的受益者，时代的弄潮儿，很显然有些人是钻了社会发展的空子才发家致富的，是商品社会资本原始积累阶段的产物，贾平凹通过写这种人物的故事，一方面充分揭露中国社会主义现代化初级阶段的产物——“暴发户”的精神空虚、丑陋的本质，通过宁洪祥大摆宴席受村里人嫉恨的遭遇，对中国人“枪打出头鸟”和嫌贫妒富的文化集体无意识进行了批判；颜铭的美容术是现代文明的产物，她本来长得极丑，但通过现代整容技术变成了一个美女，于是她可以凭一张虚假的美脸做通行证，在这个社会活下去而免遭他人的歧视；另外，现行的行政管理体制的不健全，滋生了大量的官僚和腐败行为，贾平凹站在主流意识形态的对立面，揭露了上至市长下至银行职员的丑恶社会行为。但也仅仅是揭露而已，面对这样的现实生存困境，夜郎的古代侠义精神，既无法拯救社会也无法拯救自我，最后他企图通过怀恋历史的象征物——“虞白”得到解脱，可惜历史拒绝了他，而且历史——“虞白”自己也长满了虱子——并不是完美的精神栖息地。所以贾平凹只有让他不断地在黑夜里出游、漂泊。这充分反映了作家本人在文化的对抗、冲突困境中无法突围的无奈。

《白夜》是作家偏重于个人灵魂困境的探索的产物，《土门》与《高老庄》则是贾平凹重新回到社会—文化层面实现具有启蒙精神向度的力作。这两部小说分别从城乡接合部和尚未解体的乡村——宗法社会内部结构两个角度，对传统文化与现代性进行双重的批判。一方面，成义和蔡老黑的侠义精神和恋土情结，是对城市现代文明的冷漠无情、自私自利的文化顽疾的反照；另一方面，他们身上的守旧、狭隘和专制作风，在开放、进取的现代文化品格中也遭到唾弃。作者正是利用两种文化优质的一面反向强化各自劣质的一面，以达到辩证批判的创作目的。《土门》里的"眉子"和《高老庄》里的"苏红"，都是从乡村走出来的率先具有初步现代意识的年轻女性，她们渴望通过使用自己在现代社会应有的权利和能力，实现自身的价值，但是她们还是在相对传统的农村老家遭到了无情的打击，身心饱受侮辱，眉子甚至被逼疯。仅从这两个人物身上的命运，我们便能感觉到作者要求对乡土社会进行现代理性启蒙的迫切性。

不过，因为作者潜意识里传统为体、现代为用的文化立场，牢牢钳制着他的创作思维，使代表其本人的文化价值取向的小说主人公，不自觉地向着传统文化这一边偏移，这种偏移既有正面的，也有负面的。这分别表现在子路和西夏两个人身上。子路作为一个受过现代文明熏陶的大学教授，一回到家乡高老庄，立即被粗俗、丑陋的乡村文明所淹没，以惊人的速度退化成了地道的农民角色，几十年练就的城市文明修养在传统面前不堪一击。这显然是一种夸张，而且是失真的夸张。虽然说子路是从高老庄走出去的子民，家乡的人文风土对他的成长必然产生深远的影响，但按正常的生活逻辑来推理，他身上的现代城市文明的后天修养不可能被一下子全部抹杀；如果说按艺术的真实性来塑造这种形象，也必须有一个合理的艺术逻辑。造成这种艺术失真的原因，就是贾平凹创建小说文化语境时，下意识地倾斜于传统文化的视角造成的。

子路的形象夸大了传统的巨大腐蚀力，所以这是一种负偏移效果，而西夏这个人物身上表现出的偏移，虽说是一种正偏移，是强调乡村社会的风土人情与历史习俗的迷人之处对作为现代健全文化的代言人西夏的巨大吸引，但是，我们从这个人物的言行举止中还是感受到了一种艺术上的些许失败。作为一名城市女性，西夏被同化的速度也是惊人的，一个连方便之处都很难找到的乡村，她却能很快认同。她在与高老庄的乡亲接触时，中间连丝毫的心理转折或者过渡都没有，很快就和大家打成了一片，几乎没有任何障碍。而这些在小说中都没有交代清楚。唯一能解释这种无过渡突兀的，就是贾平凹对于“雄秦秀楚”的家乡所固有的怀旧和依恋心态。从文化象征的内涵上说，西夏作为作者的一种文化理想，她随丈夫子路从城市文化中来，到小说结尾时，高老庄的前村民子路默然离开了家乡，而西夏毅然选择了留下来帮助高老庄致富。这种安排，显然又是作者本人文化的体用原则起了作用，也是处在文化冲突困境中的作者给自己的一个想象性的安慰。

社会转型时期的文化，由冲突逐渐走向融合，无疑需要一个漫长的历史过程。但对于个人而言，这种冲突如果没有得到及时调整，势必会带来异常的痛苦，因此出于寻求生存的本能，多数人最终会趋向自我调整。调整的文化策略可以有三种方式：第一种是将问题束之高阁，以逃避的心态，不再去接触它；第二种是升华，将问题从对具体的现实社会与文化思考，提升到形而上的境界，进行一种抽象的哲学思考，这样就可远离现实的烦恼；第三种是将问题的某些东西放弃，某些东西保留下来。进入 21 世纪之后，在全球化语境的影响下，我们能从贾平凹的《怀念狼》和《病相报告》的主题意蕴看到，人狼关系异化问题的分析已经由社会政治—文化层面的思考，提升为文化—哲学层面的思考，《病相报告》反映的虽然是现存社会人性缺陷的问题，但很显然作者的立足点不在于社会，而在于人性，而且是贾平凹式的境界人性观，这种观念带有鲜明的中国艺术哲学思考内涵的特色。相比贾平凹之前的创作，这两部小说的世俗生活气息已经大大弱化，人的世俗生命情感的表现也相对抽象化了。由此可知，自《废都》转型之后，到《高老庄》为止，贾平凹的启蒙理性与传统文化的尖锐冲突，终于在抽象的人性分析的境界当中暂时得到化解。这可以说是他身上的中国感性文化与西方现代话语冲撞之后，所做的一个否定之否定的选择。换句话说，现代性启蒙思想，对于贾平凹个人的文化启蒙已经完成了一种中国式的转化。小说文本是创作主体精神的物质显现。如果说贾平凹的启蒙精神是他对自己的社会文化身份进行自我认定的客观需要，是他作为生命个体对于现实社会和历史的理性思考，那么，他最终将文本抽象化于境界的人性观，则是他感性艺术的经验逐渐与理性人文关怀交融并修正后者内涵的结果。

结束了令人痛苦的心灵冲突，作家的灵魂似乎由此得到了安妥，但是我们却从中发现了另一重尴尬：作为贾平凹立足于走向世界的小说范本，《怀念狼》和《病相报告》这两部小说在审美上的崇高化倾向，应该是无可指责的，而且恰恰表明了作者本人在创作观念上的一个飞跃，使他的创作在以后可能更倾向于通过整体象征来完成哲学寓言式的表达，从而使中国作家在民族化写作的基础上，真正与世界文学接轨，当然这需要与高妙的艺术表达能力相辅相成，对于后者，贾平凹做得并不是很好。与贾平凹以往世俗化、生活化的写作风格相比，《怀念狼》这种相对抽象的文本，反而失去了小说原有的来自生活底层和个体鲜活的生命质感，导致许多读者拒绝阅读。一部文学作品能流传到后代，一般来说首先要经得起时代的考验，而像乔伊斯的《尤利西斯》遭遇的文学命运，毕竟是极少数，在中国这种世俗文化极其发达的国度更应是如此。由此看来，21 世纪之后的贾平凹，在创作上给了我们新的思考：通往现代化固然是中国当代文化的趋势，中国文学也不例外，但是，现代西方象征主义小说观念及其创作手法，与中国小说作为一种来自民间、为大众代言的情感艺术，在追求高深的、形而上的境界，与世俗生活和生命情感之间，到底该如何定位？贾平凹结束了自身的文化冲突，对个人的生命有了交代，但是，小说作为人类的情感宗教的形式之一，没有将人的生存困境思考到最后，是不是也是一种遗憾呢？

第三节 审美现代性与东方智慧之间的和解

人类对于自己的行为和观念，最深刻的反思在哲学层面。创作作为一种文化行为，尤其受到形而上的哲学世界观包括审美意识的制约。加缪在他的随笔《西西弗的神话》中一开头就说：真正严肃的哲学问题只有一个：自杀。[①] 断定人是否值得活下去等于回答了哲学的根本问题。从这一论断中我们回视古今中外许多优秀作家的自杀现象，便触目惊心地意识到，人类作为一种存在理性的物种，他在世界上最可怕的敌人不是他人，而是自己，是对自己有没有活下去的价值信念的质问。然而信念本身不是抽象的，它总是具体地体现为个体对世界的态度，以供人类指导自

① 加缪．西西弗的神话［M］．杜小真，译．北京：西苑出版社，2003：4.

己的行为。我们由此认识到，当一个人尤其是一个艺术家，其固有的生存信念体系在自己所生存的世界与来自外界的力量强烈冲突之后，他的内心遭受到的痛苦是何等的激烈。这种精神状况就出现在转型之后的贾平凹身上。

从贾平凹的创作精神历程看，写作《废都》之前，他的审美价值系统还是相对和谐的：他追求虚静自然的艺术审美原则与他的社会文化价值信念之间没有构成冲突，他朦胧地意识到现代价值体系的不合理，但还没有构成根本性的文化对抗，对于启蒙理性的合理性他还是充满了信心。然而，随着时代的发展和自身认识的深入，贾平凹陷入了文化的绝望与人的理性文明暴露出的局限和危害之中，然而，他还没有完全形成自己的生存哲学的认识论体系，此时他必然遭遇生存信念的理性挑战。这种高度紧张的状态，犹如《庄子·齐物论》中所说的："一受其成形，不亡以待尽，与物相刃相靡，其行尽如驰，而莫之能止，不亦悲乎！"人和万物既互相残伤又互相依附，人的行动完全像在奔驰一样，永远也得不到停息。

对于人类现代化过程的理性力量给人类带来的负面影响，弗罗姆认为是人的生物弱点所决定的："人的生物弱点在于自我意识，理性和想象力破坏了'和谐'这一动物的生存特征，它们的产生使人变得与'众'不同：成了宇宙的畸形儿。人由此永远无法摆脱生存的两重性：人不可能摆脱精神的纠缠，尽管他想超脱出来，人也不可能摆脱躯体的束缚，只要他活着——他的躯体使他渴望生活。"① 由此人类失去了精神上的自足。人创建历

① 弗罗姆．人的境遇//马斯洛．人的潜能和价值［M］．林方，译．北京：华夏出版社，1987：104.

史的动力成了内在固有的理性存在，它创造了辉煌的文明，但是，人类对自然的人为割裂，使自己失去了精神自足这一乐园，失去与自然的统一，人变成了永恒的流浪者。世界在人的眼里本质上变成了虚无。西方现代主义发展中遭遇的精神困境，在20世纪90年代社会结构转型之后降临于中国社会。对于启蒙理性的深度怀疑，必然造成贾平凹文化价值体系的崩溃。这就是《废都》中庄之蝶中风休克的隐喻。如果说庄之蝶是贾平凹的影子，那么贾平凹在精神上也等于休克了。

从创作规律看，内在的心理冲突被视为孕育艺术成长的种子，因此人格分裂被看作甚至被赞美为成就艺术的必要条件。“艺术家导源于各种张力，完全整合的人感到没有必要称为艺术家。”[①] 美国心理学家罗伯特·威尔逊如是说：“没有一个诗人在情绪上是成熟的，或者说接近于‘成年人的人格’。没有渴望便没有诗。必须有冲突，否则就是安静地孵卵。”[②] 的确，创作是一个奇妙的过程，它需要人的有机体处于一种相对紧张的心理状态，在冲突情境中形成创造力，它突破了正常人的心理阈限，有一种特殊的内驱力，驱使作家能够进入灵感思维创作状态。从这个意义上说，适当的心理冲突和紧张是好事情。但是当这种紧张冲突威胁到人的生存信念时，一切就不同了。

“人可以接受荒诞，但人不能生活在荒诞中。[③]” 从古往今来的艺术家的生存行为看，“当精神遭遇到困境时，一般有两种出

---

① 罗伯特·威尔逊．艺术家的人格//福柯，哈贝马斯，布尔迪厄，等．激进的美学锋芒［M］．周宪，译．北京：中国人民大学出版社，2003：243．

② 罗伯特·威尔逊．艺术家的人格//福柯，哈贝马斯，布尔迪厄，等．激进的美学锋芒［M］．周宪，译．北京：中国人民大学出版社，2003：243．

③ 柳鸣九，罗新璋．马尔罗研究［M］．漓江：漓江出版社，1984：287．

路：要么在世界虚无的原初本相中坚守神圣的信念，要么在这种本相中狂饮生命的醇酒。而坚守神圣信念的诗人与沉溺生命本体的诗人之间，在价值信念上的不同选择，就是拯救与逍遥”——这两种文化价值立场的不同抉择。[①] 贾平凹以自身原有的审美理念做导引，最终选择了后者，他渴望一种和谐，用这种和谐消除使他与自然、社会、自身分裂的祸根。事实上，“只有当人认识到自己的情境，认识到植根于人的存在的两重性矛盾，认识到自己所具有的人的有限的力量和能力，他才能完成如下任务：成为自由自在的人”。[②]

贾平凹的不和谐境遇，触发了他超越自身思想局限性的欲求，他首先想到的就是建构一个涵盖一切的世界观，这是一个人解答自己处于何处以及自己应该做什么这一类问题的参照系，能帮助他恢复自身与自然、社会之间的统一平衡。这时，他身处的特殊空间地域和他所接受的传统文化熏陶，使他再次对传统文化当中的有机部分产生了浓厚的兴趣。

贾平凹身处中国历史文化的精华的腹地——古都西安，先秦和汉唐文化在这里有着极其深厚的历史积淀。事实上，早在20世纪80年代初，贾平凹借助在西安市郊霍去病的墓前看到的那只卧虎，在艺术境界上获得提升，他顿悟：文章只有像那只卧虎，重精神、重情感、重整体、重气韵，才能具体而单一，抽象而丰富。卧虎卧着，内向而不呆滞，寂静而有力量，平波水面，狂澜深藏，它卧得恰好，是东方的味，民族的味！正是从这一时

---

① 刘小枫．拯救与逍遥［M］．上海：上海三联出版社，2001：70.

② 弗罗姆．人的境遇//马斯洛．人的潜能和价值［M］．林方，译．北京：华夏出版社，1987：104.

期开始，他的文学创作出现了巨大飞跃，并在“寻根”文学思潮中脱颖而出。另外，我们从他将自己的居所方新村命名为“静虚村”可窥见其艺术信念之一斑。贾平凹此一时期偏爱艺术的空灵境界，刻意追求美学上所谓的静照。他认为静观万象，万象如在镜中，光明莹洁而各得其所，呈现它们各自充实、内在、自由的生命状态，万境一旦浸入人的生命，就染上了人的性灵。如果说每一个从事艺术之人都有自己的艺术守护神，贾平凹认定自己的守护神就是清静无为而无不为的艺术境界。虚和静是作家通过主体精神的提炼升华把生活转化为艺术的重要手段，也是一种必要的艺术修养。在令人眼花缭乱的文坛，练就虚和静的艺术涵养，不啻是服了一副清醒剂，能够保持冷静和淡薄，对生活有从容的判断。事实上贾平凹的静虚艺术观念，恰恰直通人类对艺术最高境界的认识。这种来自哲学层面的审美认识，在他后来的大量反映现实生活的创作中，更多地化为一种潜流，一种若有若无的艺术氛围。但这并不表示他对艺术审美原则的转变，相反，应该说是进一步深化和沉潜了。我们从贾平凹转型以后的创作体会中，看到他要强调追求“整体的浑然的，元气淋漓的而又鲜活的”① 艺术风格，他还打比方说：“如果说以前小说企图在一棵树上用水泥做它的某一枝干来造型，那么，我现在一定是一棵树就是一棵树，它的水分通过脉络传递到每一枝每一叶片，让树整体的本身赋形。面对着要写的人和事，以物观物，使万物的本质得到再现。”② 由此我们可以确知，当贾平凹身处现代精神文化的冲突困境中，艺术的审美境界成为他获得灵魂拯救的秘密隧

① 贾平凹．高老庄·后记［M］．西安：太白文艺出版社，1998.
② 贾平凹．怀念狼·后记［M］．北京：作家出版社，2000.

道，引领他进一步接近逍遥自在的审美艺术的哲学本原。应该说这种对艺术境界的追求是他在80年代认识基础上的深化。

《秦腔》之后，贾平凹的艺术格局逐渐变大，对于现实和历史的思考更趋于成熟，早年间中国传统文化哲学对他的影响进一步加大，他对传统文化哲学的认识也加深了。几十年来他一直将《道德经》视为必读书目之一，2000年还曾出版了手抄《道德经》。应该说道家文化与《周易》，还有佛教、墨家文化、儒家的乐感文化合流，都对贾平凹产生了重要的影响。面对诸多的思想源流，我们从贾平凹的创作文本出发，从理论上进行整理总结，可知贾平凹在小说文本中主要阐释了如下的艺术哲学思想。

其一是万物互为阴阳的辩证思想。阴代表世界中创造性的潜能，阳代表阳刚的力量。和谐是阴阳之间的辩证关系，以柔克刚是平衡万物欲求的原则。阴阳相谐、以柔克刚的辩证思想，在《废都》里已经开始有所体现，例如通过讲述庄之蝶与女人之间的性纠葛，来象征知识分子走投无路，企图回归母体的渴望。所以贾平凹说："《废都》是通过性，讲了一个与性毫不相关的故事。"《白夜》中，我们从祝一鹤的命运中感受到老子所说的"反者道之动"和福祸相依的道理。对立转化思想也是辩证法思想，这种对立转化思想除了老子有明确的论述外，在《周易》中也有相关的解释，"周易"中的"易"本身就是指万事万物变化不息。《白夜》的题目"白夜"，象征着社会转型时期中国人从意识形态到文化观念的无阴影状态，像北极的白夜，无星无月却什么都看得清，是白天的黑夜，黑夜的白天。正如小说中一个很特别的人物颜铭，她原本奇丑无比，后来通过美容手术一变而成美女，在西京城里做模特儿，成为夜郎的妻子后，又生下了和她小时候同样丑的女儿！颜铭这个人物极具象征意味：现代社会人人都在寻求美，而美却是极为罕见的，世界上最美的东西往往是最丑的，虚假的，而丑的东西才最真实。因此这个世界无所谓美，也无所谓丑，一切都是对立的两极，包含在每个人身上、每一件事中，并互相转换。另外，小说里其他主要人物形象，如前所述都是某种象征，而且每一个人都处于破缺状态，比如虞白，她美丽高雅，却偏偏长了虱子，陆天膺自己过着令许多文化人艳羡的自在生活，而且气节高尚，但偏偏养了一个不争气的酒鬼儿子、一个一无所成的小混混，等等。

第二，他前期的创作感性地、下意识地接受了庄子“以物观物”的对宇宙万物直观把握的审美原则和感应方式，而在转型之后，这种艺术认识上升为一种理性的东西，并在创作当中被进一步强化。庄子所说的“道”，是一个浑然的整体，是人对宇宙的最高认识，他主张人与万物、宇宙合一，与老子相比，庄子的思想更具有一种超越浪漫的美学效果。“以物观物”是庄子对宇宙直观把握的审美方式，“‘以物观物’要求物像的自然呈现，或以近似自然本身的方式去表现自然现象。通过‘境’的自然呈现而生发出一种‘情意’来，这也就是诗的意境”。[①] 庄子的美学思想对于开启我国后世的性灵文学潮流，具有极其深远的意义。贾平凹早期小说和散文中散发的空灵、婉约之美，正说明了他在艺术境界上与古人相通。庄子逍遥的审美人生态度，对他形成了巨大的吸引力，他曾引用一段著名的禅宗公案：“三十年前未参禅时，见山是山。见水是水；及至后来亲见知识，有个入处，见山不是山，见水不是水；而今得个休歇处，依然是见山是

① 王文生．社会科学战线［J］．1986（1）．

山，见水是水。”① 以此来说明他哲学审美境界上的认识由浅入深，最终进入天人感应、回归自然、回归混沌的高级认知状态。

在《怀念狼》后记中，他强调：“面对着要写的人和事，以物观物，使万物的本质得到再现。”的确，在转型之后，贾平凹的审美思维开始逐渐自觉地走向整体化、混沌化状态。而在具体的表现技法中，庄子的“以物观物”的审美思维，又化作贾平凹以虚写实，以无证有的艺术手段。

我们说贾平凹在生存遭遇困境之时，是古老的辩证法思想使他自身的人生矛盾和冲突得到了及时的转化和消解，从而逐渐走出了人生困境。事实上，老子思想成为现代人的生存智能的源泉，并不是贾平凹独有的选择。美国的著名物理学家卡普拉认为，“在伟大的诸传统中，据我看，道家提供了最深刻最完善的生态智能，他强调在自然的循环过程中，个人和社会的一切现象和潜在两者的基本一致”。② 贾平凹所在的家乡商州，老子所提倡的自然无为思想已经成为其地域文化不可分割的部分，“平原出贤达，山地养道家”。他早期的作品正是以“独抒性灵、不拘格套”的笔墨，融描写的灵秀、叙述的清幽、抒情的含蓄为一体，以清秀奇崛、空灵纤婉的艺术风格取胜。而他在转型后，因为个人对生命意识的理性选择，他的生命哲学观与老子、庄子穿过了几千年时光隧道的智慧汇合，成为其人生走向成熟的重要支撑。

当然，世界观的成熟并不意味着小说在阐释世界观的艺术表

---

① 刘绍瑾. 庄子与中国美学 [M]. 广州：广东高校出版社，1989：92.

② 陈鼓应. 道家文化研究（第20辑）[M]. 北京：生活·读书·新知三联书店，2000：3.

达上的成功，“意象化”小说形式的探索没有能够完全成功，也许是从反面证明了中国传统哲学在思维上是一种直悟的、模糊的整体思维形式，它客观限定了相应的艺术表达方式，比如古诗就能承载禅宗思想的表达。贾平凹从《废都》开始，就一直致力于寻求一种能整体表现境界的长篇小说创作模式，先后经历了《白夜》《土门》《高老庄》的“说话”模式，《怀念狼》《病相报告》的“意象”模式，再回到《秦腔》《古炉》的“说话”模式，最终在《老生》《山本》中完成了“方志”模式。笔者认为这是一脉相承的，是贾平凹致力于将整体混沌的意象与故事、人物形象做到完美融合的不断努力。

如果说，现代性与传统文化之间，因为文化思维方式的先天性差异而导致两者在思想领域发生了剧烈的冲突，在很大程度上阻滞了当代中国现代化进程的脚步，对于单纯的艺术创作方法而言，情况却恰恰相反，二者的差异性极大地丰富了中国小说的艺术技巧，启蒙的紧张感在艺术形式的探索中得到相对的缓解。或者说在现代文明与传统文化激烈的冲突中，西方现代叙事艺术形式，作为一种物质语言，对作家来说反而是一剂良药。如果说有问题，也是出在写作者借鉴西方写作技巧的能力上。自“五四”文学以来，西方现代小说的表现手法在鲁迅和郁达夫那里率先得到了借鉴，真正开启了中国作家融西方现代表现技巧于中国古典小说技巧的传统。历史总是不断发展的，发展到现在，当代中国作家面对的是现代国人更为纷繁复杂的外在生活和心灵生活，而西方文学自身也在不断发展变化，这二者决定了当代中国作家对现实生活进行深入描摹时，既需要有开放大度的艺术胸襟，去借鉴已经很发达的西方现代艺术，同时又不能完全跟在别人的后面亦步亦趋，丧失自己的民族艺术个性。贾平凹在其整个文学创作过程中，对这个问题一直有清醒的认识，走民族化的道路，创造现代民族艺术形式，是他在20世纪80年代初期就已经形成的艺术观念，我们从他的创作实践中可以得到印证。《废都》及其之后的创作，应该说是这种认识基础上的一个深化和飞跃。这从前文相关的陈述中可以得到部分确证。我们在这里不仅要进一步探讨贾平凹对西方审美现代性的艺术观念及其艺术技巧的吸收，更主要的任务是深入剖析其将现代性表现技巧与中国民族艺术观念及其创作实践有机融合的过程中，二者是如何在其艺术创新观念的驱使下，在具体的互动性写作当中，逐步形成一种规律性的艺术表达方式，这种方式也许比较完美，也许留有缺憾。

关于审美现代性，它既是指一种现代主义艺术观念，又是指艺术技巧。① 这种艺术观念，从它的历史本质看，同时具有文化哲学思想的内涵。西方的现代发展历史证明，从现代性产生的第一天起，就有许多学者预见到了启蒙理性的泛滥将导致人类文化的崩溃。所以，他们从文化哲学的角度对启蒙精神进行质疑和批判。“从进步思想最广泛的意义看，历来启蒙的目的都是使人们摆脱恐惧，成为主人。但是完全受到启蒙的世界却充满了巨大的不幸。”② “启蒙精神就是始终赞成社会强迫手段的。被操纵的集体的统一性就在于否定一个人的意愿。”③ “理性成了用来制造一

① 丹尼尔·贝尔．资本主义文化矛盾第一部［M］．赵一凡，等，译．北京：生活·读书·新知三联书店，1989．

② 霍克海默，阿多尔诺．启蒙辩证法［M］．洪佩郁，蔺月峰，译．重庆：重庆出版社，1990：1．

③ 霍克海默，阿多尔诺．启蒙辩证法［M］．洪佩郁，蔺月峰，译．重庆：重庆出版社，1990：10．

切其他工具的一般的工具。”①

这就是启蒙的辩证法。启蒙的统一理想变成了不平等的压制，是对人的自由的最根本的亵渎，却又是看不见的精神侵害。作为人类文化先锋的艺术家首先感受到了现代文明的双重矛盾，并利用艺术形式进行了激烈的批判。

> 我真不知道未来我们喜欢什么。……我看到的尽是些幽灵，一旦我想抓住它们，这些幽灵便消失得无影无踪。②

文艺复兴以来确定的“人本”思考，经过资本主义漫长的兴衰过程的检验，使人们在雨果、卡夫卡、贝克特的言辞中体会到了这一传统的局限性。当尼采宣布上帝死亡的时候，现代主义思想的危机已经出现：“新的稳定意识本身充满了空幻，而旧的信念又不复存在。”③ 所以丹尼尔·贝尔说：“现代主义的真正问题就变成了信仰问题。”启蒙现代性催生了它的对立面——审美现代性，这种现代主义文化和艺术“规定了文化现代性就是对资产阶级现代性的全面拒绝，就是一种强烈的否定情绪”④。

因此说，启蒙现代性与审美现代性二者之间的对抗，是我们把握现代性问题内在逻辑的重要视角。审美现代性或者说现代主义艺术的艺术技巧，是将这两者对抗的过程表现出来的重要手段。意识流手法，现代修辞叙事技巧等都是在这种文化历史背景

---

① 霍克海默，阿多尔诺．启蒙辩证法［M］．洪佩郁，蔺月峰，译．重庆：重庆出版社，1990：26.

② 周宪．现代性的张力［M］．北京：首都师范大学出版社，2001：6.

③ 丹尼尔·贝尔．资本主义文化矛盾［M］．赵一凡，等，译．北京：生活·读书·新知三联书店，1989：15.

④ 丹尼尔·贝尔．资本主义文化矛盾［M］．赵一凡，等，译．北京：生活·读书·新知三联书店，1989：15.

中产生的。

对中国当代小说作家而言，他们对于现代叙事技巧的认识，未必都建立在这种清醒的文化历史背景当中，但这并不妨碍他们在新时期初期就开始争相借鉴外来的现代叙事技巧丰富自己的艺术表现力。王蒙、宗濮等人做了最早的尝试。20 世纪 80 年代中期之后，刘索拉、徐星等人的“新潮”小说正式拉开了新时期现代主义小说创作的序幕。但是，随着中国改革开放的进一步深入，现代化过程中暴露的诸多人性异化现象，逐渐使作家意识到现代理性的负面作用，并开始在作品中反思启蒙理性问题。贾平凹的认识过程也大致如此。作为一个有深厚传统文化底蕴的当代作家，他更自觉地从本土文化视角关照现代文明。《废都》是贾平凹对两种文化的双重观照批判导致的双重文化绝望，他开始清醒地意识到现代文化本身固有的悖论。于是在《白夜》中，贾平凹下意识又转身回到了古典，而此时，古典文化散发的巨大影响，不仅是游侠精神、唐诗宋词，更重要的是古典小说文本的形式和技法，对他有极大启发作用。当然，这个前提是他已经很熟练地掌握了现代叙事技巧，开始探索古典形式如何与现代技巧相结合。从这个意义上说，审美现代性对他的影响，在文化批判的内涵和叙事方式上逐渐趋于统一。他已经初步建立了一种在中国传统哲学境界基础上的文体观，形式观。直至《老生》《山本》，他又在承载中国混沌的传统文化的“方志”体小说范式中实现了新的突破。

第九章

贾平凹长篇小说创作审美心理的嬗变

第一节
自觉的“寻根”者

“寻根”文学思潮作为中国当代文学史上一个重要的文学现象，它对当时及其之后文学的深远影响，是有目共睹的。无论是就文学的精神还是表达形式而言，在传统与现代之间游刃的作态，是“寻根”文学最为醒目的特征。如前所述，贾平凹在20世纪80年代的文学创作，其审美心理的形成与变化，都与“寻根”文学思潮密切相关。

“寻根”文学思潮是一次有宣言、有主张的文学行为，有代表性的作家几乎都有过“寻根”理论主张。现在回过头来看，在这一场文学浪潮中，一些作家是以文学创作的鲜明的“寻根”特征，被研究者纳入“寻根”文学思潮中的，他们起初并没有参与这场文学思潮的策划、运作，但其创作在客观上有力地推动、呼应了它，而且，从某种意义上说，他们的艺术创作反而更接近于“寻根”文学倡导者的理论目标，这实在耐人寻味。

从新时期小说复归现实主义开始，现实主义小说就一直是新时期小说的主流。从伤痕小说、反思小说、改革小说、知青小说，到1985年小说流派纷起中的现代主义小说、新潮小说，更出风头的是现实主义的“寻根”小说。这是文学由对社会历史反思转为对文学自身反思的标志，是新时期文学走向深入的自我要求。这一系列现实主义小说思潮，从历史精神沿革上讲，是新时期文学继承五四文学批判、启蒙的艺术精神和社会功能的体现，而寻根小说作为新时期启蒙文学的最后一站，以文化审美的启蒙取代长期以来的民主思想启蒙之目的是很明确的。倡导者极力引入“文化”的概念范畴，是深化文学思想和审美内涵的必由之路。事实上，他们主观上对于文学艺术领域长期形成的社会政治的狭窄视境，已经很不耐烦了。

人是文化的产物，根深蒂固的文化心理传统，构塑着每一个现实中的人，文学最重要的是表现人。新时期文学主体的表现重心依次从社会—人—人的心理发生转移，当文学之笔离开表面的外部世界进入人的心理探幽索隐时，人的深层文化心理结构必然引起作家的高度重视。20世纪80年代以来的文学创作，经过王蒙等人在1980年前后率先倡导的东方意识流的冲击，许多作家对现代主义与现实主义的创作方法已经有了较为理性的认识，已经意识到中西文化的不同，并对中国传统审美文化进行了自觉的继承和批判。贾平凹走在前面，王蒙、张承志等许多作家对此也有深入的思考和认识。

但认识有别于认同。“前者注重启悟和识别，多是表象和形态方面；后者强调印合，寻求内部结构在同构形态中的相通。就文化传统而言，这种同构的双方往往具有本与末、根与枝的承继关系。”①

湖南、北京、浙江、上海等一批青年作家韩少功、阿城、郑万隆、李杭育等，最先敏感地意识到，中国文学在借鉴外来文化哲学艺术过程中，首先有在传统审美文化中寻求文化认同的急切性，还有努力在艺术的内容、形式、审美意识上寻求民族特性的必要性。1984 年 12 月底，他们在杭州召开了一次创作理论会议，1985 年 4 月始，正式撰文倡导“寻根文学”大讨论，讨论的作品有韩少功的《文学的根》（《作家》，1985 年第 4 期）、阿城的《文化制约着人类》（《文艺报》，1985 年 7 月 6 日）、郑义的《跨越文化断裂带》（《文艺报》，1985 年 7 月 13 日）、郑万隆的《我的根》（《上海文学》，1985 年第 5 期），等等。这是新时期第一个有组织、有宣言的文学活动，是在 1985 年全国性的“文化热”背景下发动的一场文学、文化大论战，文学圈内的作家、学者几乎都加入了讨论。这场讨论不仅对文学本身，对文化研究，还有影视艺术创作，如张艺谋的电影艺术，都产生了深远的影响。在小说创作方面有韩少功的《爸爸爸》、王安忆的《小鲍庄》、阿城的《棋王》、张承志的《北方的河》、郑义的《老井》、贾平凹的“商州系列”小说、扎西达娃的《西藏，隐秘岁月》等。这场“寻根”思潮，从本质上说，是新时期反思思潮的延续。它引起的文坛大轰动，极大地改变了人们的文学、文化观念，推动文学迅速向前发展。

回过头来看，鉴于中国五四运动以来，现代文化启蒙者为达启蒙民众之目的，以矫枉过正之势，一度对传统文化进行全面批

① 宋耀良．十年文学主潮［M］．上海：上海文艺出版社，1988：277.

判，一直到抗战、解放战争时期，更到“文革”浩劫，将民族文化判为封建文化，使中国优秀文化传统至少在文化生活的表面形态中，有历史性的断裂感。而“寻根文学”思潮的倡导者，在拉美作家的横向现实启发下，强烈感觉到中国当代文学要寻自己的根，寻找民族文化的个性，使当代文学成为民族传统文化的历史延续和更新，并以鲜明的民族性自立于世界文学之林。

这种文化审美启蒙的文学愿望是十分美好的，然而，令人遗憾的是，其实际操作与这种良好的愿望恰恰相反。这表现在两个方面。

一是“寻根”小说由单纯的寻文学的根不知不觉变成了寻文化的根，反而丢掉了艺术的本根，因此创作就由写小说变成了写文化，谈文学理论变成了谈文化理论。这实在是致命的遗憾。从理论上看，由于受同时期文化热的影响，文学的寻根在一开始就不知不觉地笼罩在文化的阴影之下，人们不自觉地将文学审美性混杂在宽泛的大文化概念中，这种情况在倡导者们的文章中到处可见。然后进一步引发了其他讨论者在文化理论上大做文章，认为“寻根”是要发现传统文化与当今文化的同构关系，找出它们的对应点，以便扬弃其非人性的部分，放大其合乎人性的部分，最终达到彻底改造民族精神，建立一种崭新的文化形态的目的。在创作上，作家们将小说重心落在剖析民族落后文化心理结构上，其热情大大超过了对小说艺术创新的兴趣。但是，在与之同时兴起的“新潮小说”那里则没有这一遗憾。

二是倡导者的理论文本和小说文本相互拆解。理论的出发点，是为当代文学寻一个民族的根，寻求蛰伏在民族心理深处的东方审美意识，而《爸爸爸》《小鲍庄》一边在寻根，一边又情不自禁地将笔力集中在对民族传统文化和民族文化心理的消极方面的批判上。《爸爸爸》里的“鸡头寨”“炳崽”，《小鲍庄》里的“仁义村”和《老井》里的“老井”等充满象征意味的文学意象，都对传统文化做了激烈的批判和否定。这是倡导者自己给自己开的大玩笑。当然，其中有诸多复杂的因素，在此不赘述。“寻根”文学思潮中的这两个矛盾现象，导致其登上文坛不到三四年，就偃旗息鼓了。

从另一角度说，这一场声势浩大的文学运动，必然客观地带上了自己的历史使命，它不会以倡导者的意志为转移。倡导者提出、揭示了问题，就已经完成了一部分的使命：从民族文化中发现阻碍社会变革的消极因素，为改革（包括社会改革、文化变革）疏通道路。20 世纪 80 年代中期，随着城市经济体制改革的到来，社会改革进入进则生、退则败的关键时刻，急需思想为其助力。“寻根”思潮的出现，是前一段的“政治批判、经济的思考推及文化的俯视，由改革的艰难推及民族命运的艰难，由民族生活形态推及民族心态，由现在的处境推及从古至今的处境的结果”。[①] 它发挥了应有的作用。到 20 世纪 80 年代后期，社会现实秩序基本确定，思想启蒙和解放的任务告一段落。而对于“更新民族文化，建构文化新秩序”这一更重大的建设性任务，只善于解剖、批判的“寻根”文学是无法驾驭的，最终只能应时而生，应时而退。

我们还是认同这一观点：“寻根”文学谈的是文学的话题，做的却是文化的命题，达到的结果则是为现实的政治服务。

“寻根”文学的倡导者揭起理论大旗之时，贾平凹并不是其中的成员。他是靠作品说话的，或者说，他算作“寻根”作家，

① 汪达敏．新时期小说论［M］．合肥：安徽大学出版社，1999：197．

纯属历史的巧合。他已经写了不少“商州系列”小说，以鲜明的地域特色标榜于文坛，很自然地被研究者加进了“寻根”文学的行列。这么多年来，他不就是一个人，沉湎在形而上的中国哲学与形而下的底层文化中，寻自己文学的根吗？所以，“寻根”的提法贾平凹是认同的。后来他在南京参加全国优秀中篇小说授奖大会，与阿成、何立伟等人会面，彼此交谈甚欢。随后，贾平凹应当时在《上海文学》的蔡翔之约，就“文学与文化”这一命题（实际上就是指“寻根”文化）谈了自己的看法。我们从贾平凹 1982 年写的散文《卧虎说》中知道，关于寻自己文学的根，贾平凹早已走在前头。“商州系列”始作于 1983 年，是贾平凹在中西杂交的当代文坛做出的个性化思考和抉择。他主动与传统文化接轨，表现雄秦秀楚的商州文化的魅力，在超然脱俗的民间自由精神等方面做得更自觉，更沉醉。即使是描写“韩玄子”这样阻碍农村变革致富的保守人物，也是基于他对传统文化的坚守。给蔡翔的回信，实际上就是贾平凹本人的“寻根”理论的宣言，他强调如下。

世界各地区的文学，都有其发展规律，无论是西欧的，还是拉美的，各是各的路子。中国是个文明古国，文化方面是强大的。中国文学有自己的根，如果走拉美的道路，只会欲速则不达。吸收外来文学也不用担心惊慌，反而要无拘无束地吸收，这叫中国文化的自信。或许有人称为惰性，但无论如何讲，都说明一个问题：中国文化是源远流长、根深蒂固的。中国文化的积淀，形成了国民精神，渗透于民族集体的性格、国家的政治、经济之中。一切变革，首要的就是民族性格的变革（我们通常说的国民素质）。那么，中国文化

> 到底是什么？传统精神的内容有些什么？首先，是儒释道三家哲学和宗教体系的制约和影响，儒家相对为正统，道佛两家在野。中国文学由此影响产生了各自的流派和风格，产生了独特的中国诗词形式、书画形式、戏曲形式，我们通过这些艺术，能把握到中国民族的心理结构、风俗习尚。其次，我们还可到民间去，从山川河流、节气时令、婚丧嫁娶、山歌俚曲、五行八卦、巫神奠祀、美术舞蹈中做进一步考察，会发现，事情总是相辅相成，这种文化培养了民族的性格，民族的性格又反过来制约和扩张这种文化。归结到时下，怎样发展中国文学？应该注意当前的社会改革、时代的潮流，是怎样地冲击着这种文化，文化的内部结构是怎样引起微妙的变化，而这种变化，又是怎样反作用于社会生活的。这样，文学作品就能深入地、准确地抓住作为人的最根本的东西，作品的精髓和情调就只能是中国味、民族气派的，而适应内容的形式也就必然是中国味、民族气派。①

就像川端康成的作品，初看是日本的，细品却是极现代的，但不管他借用了何种西方的创作手法，其作品又无不渗透着日本民族的精神。这样民族特色，才能赢得世界声誉。

在叙述的情感节奏上，贾平凹开始注意把握高低起伏，张弛适度；写人物的情感心理，还是以传统小说的表现手法为主，通过白描、动作、对话来完成。比如《天狗》，前半部写天狗与师娘之间潜意识的性爱；后半部写道德意识与性爱的尖锐冲突。当外部环境确立了天狗与师娘的夫妻关系之后，他的道德意识一下

---

① 贾平凹．贾平凹文集：第14卷［M］．西安：陕西人民出版社，1998：75－77.

子茁发。为了表示对师父的人道主义同情，他主动摒除了夫妻关系中性爱的成分。两个人之间的感情戏，小说是这样表现的：

师傅为了成全他们二人，故意将自己锁起来，只留天狗和女人在一起。女人眼里红红地进了厦房做饭。天狗也坐下抱柴生火。两人没有说话，上面是擀面杖的磕撞声，下面是拉动的风箱声。饭做熟了。天狗盛了一碗，寻钥匙开堂屋门给师傅端。女人说："他睡着了，钥匙在他手里，叫不醒他的，咱们吃吧。"一个坐在灶火口吃，一个立在锅项后吃。

小说的感情风格始终压抑、悲凉，静场的情节不断出现，似于无声处听惊雷，令人惊心动魄。

历史永远是公正、无情的。多年以后，当年红极一时的"寻根"小说，如今已经无人问津（除了研究者），早已蒙上了历史的尘埃。而贾平凹同时期的作品到现在仍不断被传看。艺术靠征服而存在，征服的是时间。在"寻根"浪潮中，贾平凹成了真正的弄潮儿。

这其实一点都不奇怪。贾平凹的成功，昭示了"寻根"的真正价值所在，也反过来让我们得出其他"寻根"作家失败的原因。总结起来有以下几个方面。

其一，对传统文化本质的认识，贾平凹显然更为深刻、正确。如果把文化比作宝塔，处在塔尖的是哲学。儒释道三家，贾平凹将立足点放在佛道两家。中国文学中，老庄屈原以来的性灵文学思想，是最活跃、最具创新精神的部分，与佛道两家密不可分。弱水三千，我只取一瓢饮，但足矣。上至哲学下至宗教艺术，贾平凹偏好的都是"虚""静""空灵"一类风格的作品，它们从美学上讲，最具中国特色；从表达效果上说，最适合抒发艺术家的性情；从作品风格上说，是最接近自然的清新之作。无论是绘画、书法，还是戏剧、文学，都是如此。贾平凹早已浸淫其中，不亦乐乎。由宗教艺术再形而下之，就是民俗文化。贾平凹四进商州，走村串户，为的就是深入最底层，去考察民俗文化是怎样培养了民族的性格，而民族的性格怎样反过来制约和扩张这种文化。此一时期的贾平凹在形而上的艺术哲学观上，对儒家文化不偏重，厌恶“载道”文学，还有另一个原因，那就是他本人来自农村。几千年封建社会的统治，最大的成果之一，就是在广大农村形成了盘根错节的、牢不可破的宗法制度。儒家文化是维系这个制度的“纲”，纲举目张，生生不息。贾平凹从小生长在一个二十多口人的大家庭，满眼所见，满耳所闻，婚丧嫁娶，吃饭穿衣，无处不浸润了儒家文化。礼与情的冲突，个人与群体利益的冲突，处处显示出儒家文化对农民的威慑。世世代代的农民就这样走过来了，贾平凹太理解他们了，所以下去采风时，他关注的一切，都是围绕着“人事”，看农民喜欢看的秦腔、花鼓，收集农民自编自唱的民歌民谣，吃当地的小吃，感受农民的生存状态，与他们同喜同悲。

从形而上到形而中再到形而下，贾平凹对传统文化的认识是较为全面系统的。他艺术的内功练就，不会像“寻根”倡导者那样，仅仅在外力的激发下，对传统文化的认识还不够时，就揭竿而起，难免剑走偏锋。

其二，对传统文化的审美情感倾向，贾平凹的态度是很明确的。艺术创作，就应“择其善鸣者”“性之所近者”为之。贾平凹尊重生活，在审美取向上，采取以美为主，美丑互现的原则，不回避生活中的丑恶，但一定要在艺术表现上，达到有美感的效果。传统小说最大的魅力之一，就是通过语言叙事，激活读者的想象，给读者强烈的、审美上的情绪体验。所以他在寻文化的根时，并没有忘记还要寻传统艺术的表现方法之根，从古典小说、戏剧、绘画中找到为其所用的东西。把艺术的审美放在“寻根”的第一位，这就是贾平凹棋高一着之处。

另外，人类来自自然，永恒地渴望回归自然。贾平凹在继承中国性灵文学中崇尚山水、寄托性情的创作传统方面甚得神髓，他在湖光山色的灵动之美中，完成关于人的故事。这是符合民族欣赏习惯的，是文化的集体无意识在起作用。从《爸爸爸》等作品中，我们可以清晰地看到，韩少功的“寻根”小说，在现代意识的影响下，对传统文化进行了批判，写民俗的出发点，本质上是为阐释自己的文化哲学观，是为文化而文学，“炳崽”和“鸡头寨”的文化象征意味未免太突兀。作家的文化情感和态度，概念的成分居多，生活的感性偏少，这不符合艺术创作的情感规律。卡西尔说，文学艺术“并非只是强烈情感的瞬间爆发，而是昭示着一种深刻的统一性和连续性”“是对实在（即现实）的再解释，不过不是靠概念而是靠直观，不是以思想为媒介而是以感性形式为媒介”。

其三，关于文学表现对象问题，贾平凹经过前几年的探索，到“寻根”文学兴起之时，已经很明确地将小说表现对象由“事”转为了“人”。贾平凹写人的心态，写社会变革冲突中人的性格情绪的变化，而且，写的一定是采风时给他强烈触动的人，是有真实生活故事的人。在追求空灵、虚静的艺术境界的同时，贾平凹清醒地意识到，形而上的境界只有与形而下的生活相交融，艺术才能处于虚而不虚、实而不实之间，所谓“秀中有骨，雄中有韵”，就像他收藏的汉罐，在拙朴中见大气；就像西安市郊静卧的石虎，体现出所处时代的气势和韵味。“天狗”

“吴三大”“黑氏”“张老大”等主人公，每个人物都注满了强烈的生活底蕴，读来如闻其声，如见其人，他们散发着强烈的时代气息，彰显时代精神。贾平凹的“寻根”，是为了更好地表现现实生活的“寻根”，现实与传统，孰本孰末；写人还是说理，孰重孰轻，泾渭分明。这一点，多数“寻根”作家不是有所忽视就是笔力不逮。

贾平凹对于“寻根”文学思潮的价值和意义，随着时间的推移，会越来越显清晰。而外，当时处于“寻根”文学历史时段的贾平凹，反过来，也受到了“寻根”文学思潮的客观影响。“寻根”文学思潮的兴起，是国内引进西方文化哲学思潮之时掀起的“文化热”在文学领域的体现。但就世界文学环境而言，1982 年，拉美作家马尔克斯的长篇小说《百年孤独》荣获诺贝尔文学奖的事实，对“寻根”作家无疑是个直接的刺激，贾平凹也不例外。读马尔克斯、略萨的作品时，他就常常想到商州。在他的想象当中，拉美有许多和商州相似的地方。山山水水、潮湿的空气、神秘的民俗文化，都是如此相似。他震惊于这些作家在玩熟了欧洲现代派的东西之后，又回到了本土，创造出了伟大的艺术，这和日本的川端康成一样。震惊之余，他并没有丧气，如我们从他给蔡翔的回信中所看到的，他很自信，但也不忘从拉美作品中吸其大义、吮其神髓，化为己用。

第二节

独善还是兼济？——文化人格的冲突

对世界观的寻求和其世界观的最终确立，是帮助贾平凹走出精神困境的最深层的思维手段。与这种世界观相表里的，是他在文化人格建构上由矛盾、冲突走向平衡的过程。所谓文化人格，是指一类人或亚文化群体的总的特征和倾向性。人类学的研究表明，拥有特定文化权益的成员之间，虽然存在个体差异，却又存在明显的“基本人格结构”，它使群体成员具有相同的冲突和倾向。而且在任何群体中都存在主导的人格形态，每个个体都倾向于自觉或不自觉地被塑造成这种形态。就中国传统知识分子的文化人格结构来看，自古代以来，他们“几乎毫无例外地面临着仕与隐的人生选择。或仕或隐，对于中国传统文人来说，具有特殊的含义”。[①] 仕，原本是指传统文人以宦途来实现自己的政治理想，这里所谓的仕，用的是它的引申义，是指某种积极入世的人生态度，是一种介入社会为民众谋福利的社会姿态。所谓隐，原本是指传统文人拒绝走仕途道路，这里使用的是引申义，指某种消极避退的人生观，一种洁身自好，独善其身的态度。这两种人格结构，孟子概括为“达则兼济天下，穷则独善其身”。

从哲学渊源看，这两种文化人格是儒家的入世文化和以道家为主的出世文化的人格表征。从精神分析的人格理论看，“积极入世”与“兼济天下”类似于弗洛伊德所说的“超我”，也像社会心理学家米德所命名的“客体我”，它代表了人格中的道德、功名心、责任感和使命感等，在彼得罗夫斯基那里则被称为“集体主义自决”，指参加某个集体的人，不想同集体发生冲突，不愿意被孤立，不愿意惹出不愉快，也可能他的动机与集体的目的正好完全一致，但不管什么原因，他都跟集体保持一致；而“消极退隐”和“独善其身”类似于“本我”，也像“主体我”，它代表了人格中的自我保护、自我需要和满足。这两者之间既冲突又统一，在现代社会里，又可以将其看作社会—文化个体自身和他者之间的复杂关系。“人是一种复杂而矛盾的存在，他以自我为中心，但又不可避免地要和自己的同类交往。他是自私的，但他有可能做到最高的无私，他为自身的需要所控制，但又发现只有使自己与自身需要之外更广泛的东西联系，他的生活才会有意义。这就是人的自我中心和道德倾向之间的紧张冲突。”[②] 美国

① 周宪．屈原与中国文人的悲剧性//现代性的张力［M］．北京：首都师范大学出版社，2001：307．

② 马斯洛．人的潜能与价值［M］．林方，译．北京：华夏出版社，1987：413．

心理学家加德纳极其经典地概括了关于人的矛盾性生存状态。这里所谈到的道德倾向，在荣格那里被强调为一种集体无意识。

现代人尤其是知识分子的人格分裂，在转型后的贾平凹身上表现得较为明显。一方面，作为一个作家，“因为有中华民族的苦难历史和儒家文化的影响，所以政治情结与忧患意识是中国任何作家都无法摆脱的”。① 他的创作体现了深沉的民族忧患意识和社会道德感。从现实社会生存的境遇出发，观照、思考艺术的出路，似乎是贾平凹整体创作的基点，他在长篇小说创作中呈现的可贵的现实主义品格，就是其充满政治情结和忧患意识的写照。作为一个当代作家，贾平凹的确有着十分清醒的现代意识和批判眼光，从20世纪80年代初期的《年关夜景》《沙地》，到80年代中期的《古堡》《妊娠》，再到《废都》《高老庄》等长期创作过程中，我们能感受到他的入世情怀和文化批判的尖锐性，他在作品中对现实境遇的本质的评析，意味着他较早关注到现代性的冲突是绝大多数中国人的基本精神，并尖锐地批判了传统文化具有的排斥能力和苟活能力。另一方面，我们从他后期大量的散文创作中发现，他追求高古、旷达、自在的道家出世情怀和性灵化写作状态，而后者恰恰是他在创作转型后的真实的心灵状态。因此，他的创作不可避免地呈现一种尴尬状态：他的作品艺术地表达知识分子的民族忧患意识是他作为一个当代作家的社会责任，但是，对他的自我而言，将写作作为一种美的精神寄托的思想，才是一个视艺术为生命的作家最内在的心理需求。也就是说，多年来贾平凹的小说创作动力，表面看来是作家以艺术的

① 贾平凹，胡天夫．关于对贾平凹的阅读//贾平凹．病相报告［M］．上海：上海文艺出版社，2002：310.

形式，对所处时代的社会现实进行艺术的总结，实现现代化的社会文化形态的积极建构，所以他在作品中才会揭示出当下中国启蒙理性的积极或消极所在，揭示出传统文化在走向现代化过渡时期中的艰难和困惑。这种困惑是知识分子都在思考的文化命题，贾平凹也必然要进行自己的理性思考。但事实上，追求自我境界的高古和以写出人间美文为乐趣才是贾平凹最深层的创作动力，是他完善本体自我的审美心理需求。在这两种动力中，前者是贾平凹为了平衡自我与社会现实之间的落差的社会性动力，是显在的；后者是作家自我的真实心理需求，呈或隐或显的状态。

这些年来，贾平凹的创作一直处于这两种文化人格的紧张冲突中。其小说创作转型之前，贾平凹一直处在“客体我”的创作状态，写了像《腊月·正月》《浮躁》这样的现实主义作品，之后，他自己坦率地承认，这种写法不适合自己。其实，不止是写法不适合他，更重要的是在创作期间贾平凹的“主体我”受到了严重的压抑。这种压抑一直到《废都》《白夜》中才得到全面的释放。“主体我”得到了张扬，而“客体我”又立即出来提醒他，使他将创作方向调整到了《土门》《高老庄》中反映社会层面的创作上。这种紧张冲突，一直到《秦腔》才逐渐结束。从哲学层面上说，他选择了辩证法，获得了对世界的新的认识，从文化人格上说，他最终由社会批判性的“客体我”还原为追求生命审美化的“主体我”。他的创作历程表明，性灵化写作对他而言是一种自我的生命需求，而“客体我”的社会角色实际上是贾平凹被社会裹挟前进的一个客观需要，而不是他主观所求。他功成名就之后，不用再被动地受社会潮流所推动，能够回归自我，其情感终于归于和谐。需要说明的是，贾平凹个人的审美选择与时代文化话语之间妥协、抗争这么多年，他最终走向的

"主体我"是融合了外界合理文化基因的"主体我",是更具包容性的"主体间性"的我。这是其人格否定之否定后的升华,是一种自在、旷达的心理状态。

正因为有了这种放松的心态,贾平凹开始明确对闲适文化表示自己的看法,而他的夫子自道,更证明了其在审美情趣上的一向偏爱之所在。2002 年年底,贾平凹接受访问被问及如何看待有人将他归入闲适文化当中的问题时,他说:"闲适文学是中国文学除了载道文学之外的另一主流,它有源远流长的历史,所谓的魏晋以来的'缘情'派文学、明清以来的'性灵派'文学,都是这一支流的中坚,中国文学的艺术灵魂,往往承载在这一类的文学当中,它是最具创新精神的文学,是作家展示个性才情的园地。正如周作人所说,象韩愈这样的载道文学家,号称文起八代之衰,但他的文章,真正做得好的,反而是他偶尔忘记了载道的时候,写出来的文章。"① 所以闲适的、缘情的、性灵的文学并没有什么不好。苏轼作文能入"笔势峥嵘,文采绚烂;渐老渐熟,乃造平淡;实非平淡,绚烂之极也"的妙境,就是旷达超脱的产物。

客观地说旷达作为一种文化人格,对于一个已经生活在 21 世纪的现代作家,不能算是最好的选择,虽然贾平凹旷达超脱的文化人格,是以辩证统一的世界观为根柢。他认为旷达可以是激愤的沉潜,是一种深沉的情感,但是这种本质上属于"逍遥"式的价值文化立场,在艺术精神上必然要与远离现实生活的生存紧张和历史关怀相背离,与个人的、社会的、民族的,乃至人类

① 贾平凹,王尧.在传统与现代之间的新汉语写作[J].当代作家评论,2002(6).

的生存状态中的悲剧精神势不两立。贾平凹个人的文化人格冲突，对于文学是件幸事，同时对他本人的精神状态的确构成了一种痛苦。

从另一角度看，旷达作为独善其身的文化人格的最高境界，活在中国历代文人的心中，反而说明旷达也许真的是一种人类对苦难的睿智的回避，它至少可以使人们对琐碎庸俗的生活，进行精神上的超拔，使之远离人性中的猥琐、自私、狭隘、凶狠等劣根性。这也许恰恰是性灵文学之幽灵，能让 21 世纪的人们难以忘怀的深层文化原因。现代生存境遇中的人类要在形而上的终极追问中，使苦难的灵魂获得一种精神拯救，那么，旷达的情怀教会人们逍遥，这能不能说是另一种形式的灵魂拯救呢?

生活是复杂的，艺术创作则是更复杂的行为。事实上，在艺术境界格局的追求中，旷达的文化人格并不影响贾平凹在艺术创作中坚持从多维的角度对生存现实进行艺术的打量。他的艺术格局还是很全面的，既有对现实社会的历史文化的审视，也有对存在意义的叩问，还有与自然对话的维度，和超验的、与神鬼对话的维度，具有这种全面的艺术创作格局，贾平凹走在通往旷达的艺术之路上，底气是很足的。这一点我们必须肯定。

第三节
生命自在的心理需求

从心理学上说，人的行动是由不同的动机决定的。“这些动机在人的生活过程中，为了保证自己的生存和满足各种需求而产生，这些需求又与周围社会及其文化对生活的要求相适应。”① 文学创作作为一种文化行为，是由贾平凹转型之后的心理创作动力决定的，其中世界观的改变是一种动力，文化人格面具的选择是另一种动力，这两种动力都是外在世界对人的内心思想情感的压力所造成的，也就是说，人的一切选择，归根到底都是作为主观本体的心理需求在动机或意图的支配下实现的。作家作为一个创作主体，他的心理需求决定了其创作的宏观和微观各个层面。

① 彼得罗夫斯基．普通心理学［M］．朱智贤，等，译．北京：人民教育出版社，1981：426．

我们在理顺了贾平凹创作当中对宏观世界观的追求和其社会文化人格的特点之后，最后从微观的角度，来分析贾平凹创作心理需求的特点。这里所谓的微观，指的就是作家具体创作中的气质性格需要、审美情感需要、生存健康需要。

气质和性格对一个作家的创作目的和过程，起到了重要的制约作用。“气质指的是一个人出生时固有的、稳定的心理特性，它是先天的遗传性的，但个别特性在一定限度内，由于生活和教育条件，由于患过疾病，由于生活条件的影响也会发生变化。”① 气质决定了人的心理活动方面的自然属性，也就是说，人的心理活动，很大程度上要受到气质的影响。成熟的气质类型分为多血质、胆汁质、黏液质、抑郁质四种。心理学中的性格指的是人的独特心理特征的总和，这些特征表现在人的典型活动方式中、典型的情境中，并决定人对这些情境的态度。换而言之，性格是在后天环境中形成的，受他人态度的制约，受自身的意识水平的影响，是形成性格的基本规律。成熟的性格类型分为理智型、情绪型、意志型三种。“从生物学上说，气质和性格是相互联系的，因为二者都是受神经系统类型的影响。先天性气质决定了性格特征的外部表现，性格动力特征取决于气质特征。”② 以此为参考我们回顾贾平凹的出身和成长经历便能发现，贾平凹在创作转型之后，最终能够通往旷达、自在的审美境界，是以其独特的气质和性格为基础的。

贾平凹于新中国成立初期出生在陕西丹凤县的农村，成长于

① 彼得罗夫斯基. 普通心理学［M］. 朱智贤，等，译. 北京：人民教育出版社，1981：451.

② 彼得罗夫斯基. 普通心理学［M］. 朱智贤，等，译. 北京：人民教育出版社，1981：464.

一个二十多口人的大家庭。他一生下来，体质就很柔弱，因家境不好又造成其营养不良。他长到四岁，母亲随父亲到外县教书。儿童成长学研究表明，儿童最初是通过父母与家庭感知、认识人类社会的，儿童在七岁之内，是其心智、性格成长的关键期，父母对孩子在成长过程中是否形成健康的人格有极其重要的、不可替代的作用。而当时的贾氏大家庭，在爷爷去世后由奶奶管理全家，在家里享有无上的权力。由女性掌管的家庭，往往充满女性的阴柔之气，其好处是家庭相对安稳和睦，不会出现大的波动和变化；对于男孩而言，由于过多地得到母性的抚爱容易产生强烈的依恋心理，使孩子的阳刚之气受到抑制，变得心灵脆弱、情感过于丰富细腻，在人格上表现出较强的自卑情结。而这种心灵世界与情感世界的残缺，终身无法弥补。

贾平凹曾经在一次性格心理调查中，确定自己的气质为“黏液质加抑郁质”。这两类气质的综合特征便是性格内向，近乎病态的敏感，情绪偏于抑郁，常常认为自己委屈。贾平凹早年自述：“自幼便没得到什么宠爱。长大体质差，在家干活不行，遭大人唾骂，在学校上体育，争不到篮球，所以变孤独了，喜欢躲开人，到一个幽静的地方坐下。愈是躲人，愈不被重视，愈不被重视，愈要躲人，恶性循环，如此而已。”① 蒙台梭利在论述儿童心理发展特点时指出，敏感性是生物在其早期处于个体发育的过程中获得的，因此，儿童内在的敏感性使他能从复杂的环境中选择对自己生长适宜的东西：“内在敏感性使儿童对某些东西敏感，而对其他东西无动于衷。当某些特殊的敏感在儿童身上被激起时，它就像一道光线照在某些物体上而不照在另一些物体上，

① 费秉勋．贾平凹论［M］．西安：西北大学出版社，1990：6.

使得这些被照到的物体成为他的整个世界。”当这个孩子在成长发育期所面临的现实环境比如家庭、学校等不能给他带来心灵的温暖、安宁，出于本能，他会将其目光和注意力转移到自己的内心世界。① 心理学研究证明，体弱多病者往往神经系统发达，特别敏感，长于观察和想象。他与兄弟姐妹一起玩的时候，只有他会留意脚下的蚂蚁什么时候最忙碌，会去留意树上的苹果一边红一边绿。贾平凹曾回忆他很小的时候，主动避开众人，孤独地坐在堂屋高高的石阶上。

> 看着远远的疙瘩寨子山顶的白云，就止不住怦怦心跳，不知道那云是什么，从哪儿来到哪儿去。有一只很大的鹰在空中盘旋，这飞物是不是也和我一样没有一个鄙夷的同伴呢？常常到村口的荷花塘去，看那蓝莹莹的长有艳红尾巴的蜻蜓无声地站在荷叶上，我对这美丽的生灵充满了爱欲，喜欢它那种可人的又悄没声息的样子，用手把它捏了，那蓝翅膀就一阵打闪，可怜地挣扎，我立即就放了它，同时心里有一种说不出的茫然。②

平原出贤达，深山养道家。贾平凹先天的气质，在后天较为恶劣的成长环境中进一步巩固下来。面对社会生存环境的恶劣，他最终或者退到主观世界里，或者选择与山水自然对话。成长的遭遇，以及最后又因为偶然的机遇进入大学操笔写作，这二者使得他通过创作满足心理需求的欲望被大大地刺激起来。艺术创作

---

① 玛丽亚·蒙台梭利．童年的秘密［M］．马荣根，译．北京：人民教育出版社，1990：50．

② 贾平凹．我的自传//商州：说不尽的故事：第4卷［M］．北京：华夏出版社，1995：312．

是审美的过程，贾平凹在审美情感和价值取向上，自然偏重于以山水为美的道家出世情怀。后来随着他长大步入社会，人的社会化过程逐渐将他拉回到群体生活中，但其内敛和忧郁的气质性格沉潜到了他的血液当中，成为他观照现实进行价值判断的潜在标准。

贾平凹特殊的性格和气质，使他在人生旅途遭遇挫折时产生的反应机制与众不同，这无疑又反过来对他的创作产生重要影响。另外，贾平凹与当代许多作家相比，还有一个极其特殊的创作背景，那就是他是一个多年来一直患有肝炎的病人，如他自己所戏称的，"是文坛上著名的病人"。这一点对他的艺术理念和追求，实际上也起到了很大的钳制作用，但恰恰很多人有意无意地忽视了这种情形对贾平凹创作的特殊影响。

长期生活在自我与社会的紧张对峙状态中，其健康防御系统总要出问题，贾平凹一直肝病缠身，从某种意义上来说是他长期下意识地与社会这一他者之间的紧张对抗。他精神上的遗世独立，对于创作本身也许是件好事。一个内在越丰富的人越少求之于人，因为孤独时人须委身于自己，内在精神财富才会显露出来。独立的人格和自由的艺术创新精神，是孤独给予贾平凹最好的艺术回报，对生活和时代的深刻洞察，使他的小说充满了忧愤、深广的艺术魅力。从这个意义上说，他长期封闭自己是件好事，然而，从健康的角度而言却恰恰相反，抑郁封闭的性格使人的心情往往处在沮丧甚至绝望厌世当中，不利于健康。在这种情形之下，人的求生本能会促使他做一些自我调整。心理学认为，气质是先天的、遗传性的，但个别特性在一定限度内，由于生活和教育条件，由于患过疾病，生活条件的影响也会发生变化。气质的形成要经过很多过渡阶段：从儿童期到少年期，从少年期到青年期，从青年期到中年期，但是，“四十五岁到五十岁的人同样表现出过渡现象，过渡期的心理变化极不稳定，可以说这一时期的变化有时会成为一个人的真正转折”。[①] 这种心理特点与创作转型之后的贾平凹的心理特点似乎很吻合。

步入中年以后的贾平凹，在经历了多年的社会历练之后，早年的气质性格逐渐得到了修正，并走向心理的成熟。而这种成熟，建立在他固有的心理基础之上，也与其身体实际状况有密切关系。为了求生存，他要不断地调整自我心态和生活内容。这些年来，贾平凹的身体状况在不断地改善，最后竟奇迹般地恢复了健康。他在《五十大话》的散文集中总结说，“有两点可以使自己健康，那就是精神放松和多作好事”。而对于人生，也须抱着“舍得的心态，不舍不得，小舍小得，大舍大得”。[②] 可以看出，贾平凹步入中年后的人生态度，是较为放松的。在艺术创作里，心灵和感性方面必须统一起来。阿·托尔斯泰说，“艺术品应当同它的艺术家一同成长”[③]。因此，在《病相报告》的后记中，贾平凹开始将闲适文学与主流文学并重，认为“闲适是享受生活，幽思玄想，启迪心智”，是文学中的“玉器”。[④]

从另一角度来看，身躯病弱的人，极其细腻，对美的东西也分外敏感。“美也是健康的范畴。虽然美只是个人优点，与幸福不构成直接关系，但却能间接给予他人一种幸福的印象。美是一封打开的介绍信，它使每个见到的人都欢喜。美是神的赐予，不

① 鲁克．情绪与个性［M］．李师钊，译．上海：上海人民出版社，1987：8.

② 贾平凹．五十大话［M］．北京：长江文艺出版社，2003：31.

③ 阿·托尔斯泰．感觉，视点，结构//崔道怡，等．“冰山”理论：对话与潜对话［M］．北京：中国工人出版社，1986：206.

④ 贾平凹．病相报告·后记［M］．上海：上海文艺出版社，2002：304.

可轻易抛弃。"[1] 从这个意义上说，贾平凹对美的异常敏感的捕捉和表达能力，也是他生命本体的需要。

由此看来，贾平凹的成长需求和健康需求并不只单纯具有生命存在本体的意义，还对他的创作审美情感起到了重要的规约作用。贾平凹多次讲过，创作于他，首先是完善自己，是自娱，然后才娱人。张扬生命的健康和欢乐，既是贾平凹获得自在生存的心理需求，也是其心理获得平衡的重要渠道。就人的生存能力而言，也许人类真是一种奇怪的动物，我们对来自外界的厄运可以容忍，但对于自己的个性导致的苦难却无法承受：命运可以改变，气质个性却是难以改变！因此人只能顺应自己的个性，做些调整或修补行为。

总之，生命健康存在的心理需求，对贾平凹而言，并不是简单的生存动力，而是对他转型以后的创作，从题材到风格，都有巨大的心理制约。联系本章前面的分析，我们说，贾平凹创作转型以后，其创作内容和艺术心态由冲突走向旷达、自在。这遵循一般的艺术规律，这是主观和客观两种因素共同作用的结果。

---

① 叔本华．爱与生的苦恼［M］．金玲，译．北京：华龄出版社，1992：180．

第十章

贾平凹长篇小说民族化追求的艺术渊源

第一节 古代性灵文学传统的继承与突破

克罗奇说，一切历史都是当代史。历史首先是每一个时代的人自己书写的，这一方面暗示了作家本人的作品对自己所处时代的巨大影响，另一方面也说明了从事文学历史研究的人所应持有的历史意识。因此，我们有必要站在所处的历史和现实文化语境，面向文学的未来，钩沉贾平凹承继文学历史的大小两个传统过程中所取得的创新性贡献，并在历史的层面上反思其创作存在的局限。

评价贾平凹的文学意义，首先要看到他的创作对中国性灵文学传统的继承与突破。一旦将贾平凹的创作特点纳入中国文学历史长河中考察，便会较清晰地发现在贾平凹与中国文学历史的对接中，性灵文学得到了极大的张扬和丰富。换句话说，在当代文坛，贾平凹在美学风格和思想内涵上非常接近古代性灵文学，他将古代性灵文学的历史写进了当代文学，“接续了历史性断线的中国表现性体系小说的创作”。这里的“表现性”其实就是性灵的代名词，是指在创作思想上重真情、崇个性、尚自然，在创作方法上多直抒胸臆，其中最具表现力的文学主张就是明代三袁提出来的“独抒性灵，不拘格套”。

从线性历史看，性灵文学作为我国古典文学中灵动、华彩的篇章，是具创新精神的。它伴随着明代资本主义思想萌芽以思潮性的方式出现。经济基础决定上层建筑。明代后期经济极快地发展，个性解放思想在中下层民众，特别是在市民层有了适时的土壤，并得到较大的发展，对宋代以来压抑个性的理学产生了极大的冲击，诗歌、小说、戏剧互为呼应，成就一代性灵文学之势。明清时期作为性灵文学最为繁荣发达的历史阶段，产生了李贽、汤显祖、袁宏道、金圣叹、曹雪芹、袁枚、龚自珍等一批尊重个性、重视真情的文学家。袁枚甚至成为清代“性灵派”诗歌的领袖，开启清代诗歌的新风气。

性灵文学的美学渊源，上可直溯到庄子。庄子的“法天贵真”“道法自然”的哲学思想，“独与天地精神往来”的自由精神，“以物观物”“物我两忘”的审美感应方式开启了我国性灵文学思想的先河。魏晋时期崇庄之风大盛，进一步发展了性灵、缘情文学的理论，性灵一词开始出现在文学著作中并被加以阐释，如刘勰的《文心雕龙》、钟嵘的《诗品》里均有记载。袁枚一生对庄子“爱而颂之”，“在著作中援引《庄子》典故近四十次”。袁枚对钟嵘的性灵说也是推崇备至：“抄到钟嵘《诗品》日，该他知道性灵时。”近现代以后，性灵文学的特点变得较为复杂。随着民族危机日盛，中国文化传统日渐封闭，对国家进入现代化造成了极大的阻滞，迫使知识分子借助西方思想体系进行了全面反思。五四新文化运动对传统文化进行了全面批判，“五四”文学的个性解放思想、启蒙思想，主要是从西方近代以来的人本主义思想中寻找支撑。在文学创作上，现代小品文、乡土小说和城市现代小说具有的现代意义上的性灵思想各具风貌，其中，沈从文的现代人性主义思想是对传统性灵文学思想的跨时代贡献，他对贾平凹的影响和启发也较大。

历史发展到当代，贾平凹对于性灵文学的思考和实践又有了新的特点。我们以贾平凹的小说为研究对象，总结出他的性灵文学的创新有以下几个特点。

第一，对性灵文学从语言、文化、哲学层面进行了新的理解和定义。从训诂角度看，性灵一词是由“性”和“灵”构成的复合词，《说文解字》曰：“性，人之阳气，性善者也。从心，生声。”“性”的本意是指人的本性。《易系辞上》：“一阴一阳为之道。继诸善也，成诸性也。”庄子认为：“性者，生之质也。”张载认为“饮食男女皆性也”，他肯定了生活情欲为人的本性。“灵”字在我国古代写作“靈”，“靈”字具有多种含义，首先它与“巫”有密切关系。《说文解字》曰：“靈，巫以玉事神，从玉，灵声。”段玉裁认为：“‘灵巫’应为‘巫也’。”王国维《宋元戏曲考·上古至五代之戏剧》云：“古之所谓巫，楚人谓之曰灵……《楚辞》之灵，殆以巫而兼尸之用者也。其词谓巫曰灵，谓神亦曰灵。”其次，灵还有神灵的意思。还可以指灵魂，指人的精神状态。

贾平凹说过他很喜欢把玩汉字，从汉字的本意上大做文章。贾平凹对于性灵思想的理解，遵从其最原始的、最人性的意义层面，然后在此基础上进行发散性、模糊性的语义使用，尽可能将性与灵的所有有关语言文化、哲学的内涵都容纳进去。《废都》写性的故事，首先肯定了性是人的本性，其次才取“性”作为老子的辩证哲学的象征意义。《白夜》对于“性”的理解有世俗化的一面，比如写夜郎与颜铭开的性玩笑，突出性器官对人的情感生活的重要性；但更多的是对于“性情”当中的“情”字大做文章，这表现在贾平凹对夜郎与虞白的爱情生活描写。他们二人心有灵犀，但基本上是发乎情止乎礼。“灵”字的神灵、灵巫、灵气、灵魂之意，在小说里也是表现得淋漓尽致。小说利用目连戏——中国历史久远的一种鬼戏，其阴阳不分、古今不分、台上与台下不分的奇特表演形态，营造了《白夜》特殊的灵巫气氛；再生人的故事给小说罩上了另一层神秘的面纱；会剪纸画的库老太太仿佛有预测未来的特异功能，刘逸山的道术也灵得很；虞白身上充满才女的灵气和灵感；夜郎则是作者心灵、灵魂的化身。《土门》里对性的描写采用原始化处理，把性真正当作人的七情六欲来看待，但由于贾平凹通过性暴露老冉作为知识分子的无能，写起来就带上了情感色彩，其嫌恶之情跃然纸上。小说中的云林爷具有的特异功能和未卜先知的本事使他充满神秘之感，成义的阴阳手、梅梅的尾骨也是作为神秘的象征物而出现。《高老庄》里的性就更加世俗和原始化，为了突出高老庄作为传统文化惰性的象征意义，写了西夏这样的知识女性到高老庄之后，在与丈夫做爱时也逐渐能容忍丈夫猪一样的本性。小说中描写的神秘、诡异的民俗风情就更多了，比如一开始的崖崩、飞碟、子路的儿子石头的预测功能、西夏能看见死去的人的灵魂，还有再生人，等等。《怀念狼》里面的性既是原始的——烂头的好色，又是被阉割的——傅山的阳痿，是人狼异化之后人的本性暴露和丧失的象征。小说里关于狼变幻成人、猪，猴子变幻成人，人最后变成了狼的描写，充满了魔幻神秘的色彩。

从以上分析中可知，贾平凹的性灵文学观，首先是关于性与灵的多层面思想的把握，是建立在作者对于汉语言的哲学思维和文化思维的理解之上的。这种文学理解，将性灵文学带入更高的层次、更宽泛的视野当中，是对性灵文学境界的拓展和提升。而从另一角度说，贾平凹关于性和灵的神秘色彩的描写，是现代人对宇宙、世界本体的无限神秘无法把握，只有以宗教的心态来敬畏、对待的人文理解基础上的。现代思想家弗兰克·赫伯特说："在人类无意识深处，有一种对有意义的逻辑宇宙普遍性理解的需要。但是，真实宇宙总是处在逻辑（观念）宇宙的一步之外。"神秘感觉的产生是人类的本能，所以一切巫术自古以来就是用以帮助人类应付那些所有跟人生息息相关的、而通过正常的理性努力又不能应对的事物的辅助手段。从这个意义上说，贾平凹对性与灵的理解，在文本中的描述，又具有现代神秘主义诗学的特点。

第二，贾平凹在古代性灵文学的抒情风格基础之上，引进近代以来的通俗文学概念，从文体到内涵，将小说领域的性灵文学思想在新的时代文化语境观照下进行了艺术革新。这种革新首先表现为贾平凹对通俗小说概念的革新，他通过自己的创作，整合了古典小说中关于通俗内涵的界定，并延伸到五四以后的文学当中，在新的历史时代注入自己的理解。

就小说而言，在明清已经发展成熟的中国白话通俗小说，四大奇书走的都是由俗到雅的路线，在雅和俗两个层次之间陷入胶着，成就了艺术的不朽，可见通俗娱乐与喻义深广并不矛盾。孙犁也说，"通俗，应该是一切文学作品的本质，不可缺少的属性。'话须通俗方传远，语必关风始动人。'在艺术上，也是只厌其高，不厌其低的。通俗文学，不应该是文学作品自贬身价的口实”。贾平凹由此受到很大的启发。从某种意义上说，他是当代文坛不多的自觉将雅的性灵文学刻意俗化，以博得通俗易懂，言近旨远的艺术效果的作家之一。中国汉语的模糊性特点决定了小说语言所具有的多义性，可以让读者从不同层面进入文本，从不同的角度理解小说的内涵。对于当代作家，要将小说写得俗并不难，要将小说写得雅也并不难，难的是在俗中写出雅，在雅中混合着生活的俗，这种小说既有艺术境界又有生活气息，这需要很强的艺术表现力，贾平凹就是有意让自己接受这种挑战。

通俗小说在历史发展过程中，对俗的理解，有一个从本意到引申义的变化过程。有研究者考证，在先秦散文中，“俗”字的含义，都是强调风俗或民俗的意义，是一个民族或地区的特定的生活方式或习惯，是一种人类社会的文化现象，是非个人、类型化的现象，因为生活方式主要体现于一般人的生活当中，又引申出世俗之义，指平凡的生活方式，本无所谓褒贬之分，《荀子》云：“无国而不有美俗，无国而不有恶俗。”但随着社会文化的严谨以及阶级文化的出现，俗开始有了双重含义：做名词时，指习俗风气，做形容词时指平庸俗气，语言的多义带来理解上的含混，这才有了对通俗小说的不同理解。从贾平凹的理解看，关于通俗，他取双重之义，既写民俗，又倾向于写民俗中的平庸无聊之物，因为他认为混沌才是生活的本质，这可以成为解释他总是写性的俗不可耐以及大量写黄段子的文化原因。

根据当代通俗文学研究者对通俗小说的定义，小说既要表现通晓风俗，又要表现与世俗沟通，浅显易懂，还要有消遣娱乐功能，这才能算是通俗小说。贾平凹在《怀念狼》以前的创作，在通晓风俗和世俗沟通两方面做得都比较成功。

贾平凹小说的通俗化，来源于他对袁枚诗歌写作特点的反向模仿。贾平凹“对于性灵笔法自己很喜欢”，对江南能产生像冒劈疆、归有光、袁枚这样的大才子很是惊叹。袁枚的创作有一个奇特之处，那就是“以通俗小说为诗”。因为明清通俗小说的特点，就是追求新奇和风趣，语言力求通俗、浅显、生动，白描手法用得较为普遍，口语俗得有趣，亦雅亦俗，具有明显的市民趣味倾向，而这些特点在袁枚的诗歌当中都出现了。而且袁枚公然宣称自己好色，诗歌喜欢写琐碎之事，还善写异事、奇事。袁枚的诗歌创作，使性灵文学展示了走向通俗性的一面。如果说，袁枚走的是化雅为俗的路线，贾平凹受其启发，利用性灵为桥梁，反其道而行之，将性灵文学的抒情、真率化入通俗小说，加强了小说的抒情特色和个性的张扬，使小说艺术获得既雅又俗的审美品格。

除了喜欢袁枚，贾平凹对晚明的小品文也很推崇，对作者在文中表现出的狂放不羁较为认同，尤其偏爱张岱的《陶庵梦忆》。明代是文坛张扬个性解放的时代，在李贽、三袁的鼓噪下，“小品小说”逐渐被推向文坛中心，颠覆了正统的载道文学观念，以实现“独抒性灵，不拘格套”的文学主张。晚明以来的小品文，一个很大的特点是，人物小传明显掺入了笑话和小说笔法，因而“大有可观”。他们多喜欢为市井隐士、风尘侠女、黄冠淄衣立传，并非为补正史之阙，而是标榜一种不同于“世路中人”的生活理想。而对所写之人多写其“癖”、其“痴”、其“迂”，目的是与世人之假形成鲜明的对照。张岱在《祁止祥癖》中有句名言：“人无癖不可与交，以其无深情也。”认为有癖者往往有韵有致，所谓“率真则性灵现，性灵现则趣生”。而且这一时期的文章开始展露对民俗文化和都市风情浓厚的兴趣，比如《陶庵梦忆》中，就有对放灯唱戏、说书品茶的都市描写。

受晚明小品文的写癖、写谐、写民俗和城市风情的影响和启发，贾平凹将这些性灵文学的特点挪进了小说文体。谐趣是区别于史传以自立的品格，可娱人和自娱，也有助于教化。《大唐传载》云：“其间及诙嘲琐语，则小说之本色也。”贾平凹小说中的谐趣可以说比比皆是。他的小说获得众多读者的一个很大因素，源于贾平凹对小说谐趣本色的认识。而关于人物形象的“癖”或“迂”等性格特点，在他小说中也能得到印证。《白夜》里美丽高贵的虞白身上长虱子，《土门》里的云林爷吃饭的独特性，《高老庄》里蔡老黑的性格，等等，贾平凹将这些特点与魏晋时期的志怪传奇特点杂糅，用以丰富小说的创作艺术。

第三，从长篇通俗小说的发展历史看，小说对说唱艺术、戏曲、历史等的文学经验依赖较强，直到明代后期文人介入创作，才开始有了独立的文体品格，之后小说文体越来越走向纯粹化、独立化。但是贾平凹反其道而行之，刻意将小说的封闭叙述文体风格打破，在故事叙述中，插入民谣、音乐、诗词、戏文、碑石文字，总之，但凡小说之外的艺术形式，他都大胆地纳入小说文本之中，有意中断故事的情节节奏。割裂式的文本阅读，使读者有可能领会作者的叙事意图。小说是世俗化的艺术，贾平凹就是要通过文体对生活本身的模仿，试图将小说创作上升为一种形象化的哲学表达。古人有云：六经国体之外，凡著述皆小说也。王若虚又说：文章有体乎？定体则无，大体则须有。就是说，对文章的文体，可识大体辨小异，大体保证文类的生存，小体意味着文类的发展。所以说，贾平凹这种宽泛的小说文体观，在历史上早有知音。而关于艺术文体的创新成果，我们在前文所论述的现代“说话”小说和“意象”小说两种艺术方式，便是贾平凹对传统小说文体革新的最好证明。

第二节 走向现代的民族化写作

如果说性灵文学思想是贾平凹由当代向古代探囊取宝，是他与中国古典文学传统的深度对话，那么，作为当代具有现代思想意识的知识分子，他对历史的价值判断无疑是以自身所处的时代为基点的。也就是说，贾平凹的性灵思想是其现代意识观照下的产物。没有传统的文学是不可以想象的，而没有发展动力的文学只能故步自封、失去生机，最后走向死亡。贾平凹的发展动力是对中国民族如何走向现代化的文化思考，是对中国文学如何成为真正意义上的、具有民族特色的现代性艺术表达的文学思考。

中国历史由漫长的古代走到现在，其现代性与传统的真正分水岭，显然不是在当代。溯其源头，当代文学的现代化，其真正的源头是在“五四”时期，“五四”是文学真正获得现代意识的时代，“‘五四’在对传统的反思和对外来思潮的迎纳中，最积极最有价值的成果是人的发现和文学的自觉”，“（它）确立了以现代个性意识为中心的人的主体意识，因而作家成为独立的不依傍他人而存在的精神个体，文学才成为创造的别名”。追溯中国现代文学的发展历史，我们还发现，文学的现代化与民族化的关系问题，早已是现代文学家反复思考的焦点。从这里我们意识到当代作家一直以来致力解决的创作核心问题，现代作家也早在处心积虑地思考了。当代与现代文学的历史沿革性，与古典文学中的有机成分相比，很显然，前者对贾平凹的触动更具有灵魂意义上的统摄作用。也就是说，我们从文学历史中审视贾平凹的继承与创新精神，现代文学对他的影响更深远，更本质。贾平凹对中国文学所做的努力，真正的历史起点是在现代文学。

现代文学历史的发展本身是一个曲折的过程，中间所受到的非文学因素的干扰比如政治的干扰，严重阻碍了文学现代化的进程。从文学观念到艺术形式，现代文学从文学本体极其微弱、极其艰难地与非文学因素对抗的夹缝中走过来。这给当代文学留下的一个巨大的艺术缺口，需要当代作家在现代文学关于文学本体认识的基础上，在关于文学的现代化与民族化的互融问题上，做出具有时代特征的艺术创新。从这一点来说，贾平凹的文学创作与现代文学完成了顺利的接轨。

从贾平凹的总体创作看，中国新时期以来的文学初期，多年深受极左的政治思潮尤其是“文化大革命”伤害的中国人，重返“五四”启蒙战场，走上张扬人性解放、追求民主自由的现代化之路。社会政治层面的现代化反思，成为新时期文学初期的主旋律，贾平凹在卷入这股潮流的同时，对艺术本体的思考开始倾斜于民族特色，他对文学本体的创作思考是其文学走向自觉的标志。贾平凹的文学认识观念真正走向成熟，是在他创作转型之后。作为一个自觉承接发展文学历史使命的当代作家，贾平凹推进了现代文学以来的文学民族化与现代化的思考。这期间，他有过创新性的东西，但也留下了一些遗憾，具体表现在以下几个方面。

第一，他承接现代文学的大众化方向，步沈从文、赵树理、孙犁、张爱玲等现代作家之后，致力于推动现代小说雅俗转化的创作实践，并取得了较大的成就。现代小说作为改造国民灵魂的先锋文学，必须通过通俗小说的艺术形式才能为大众所接受，所以，一直以来，现代文学在理论上大力倡导文学的大众化。然而实际上现代文学的大多数作品，因为写作者的人文背景决定了文学的非大众特点，欧化现象普遍存在。孙犁认为："'五四'新文化运动，从文学语言上得到了解放，大大消除了通俗不通俗的界限，但在创作方法上有一些欧化，提倡的是现实主义，内容是启蒙主义。"① 所以文学的大众化任务远没有真正完成。究其原因，五四文学以来，以茅盾为首的文学研究会，对近代以来的通俗小说进行了全面的批判和清理，而这场运动所引领的新文学观念，对于雅俗文学的进一步分化，起到了微妙的历史作用。近代以来的通俗小说在文坛提供消遣娱乐的靡靡之音，与新文化运动的启蒙、科学、民主的思想理念形成鲜明的反差，通俗文学的概念遭到了现代文学主流的排斥也是正常的。但令茅盾他们始料不及的是，现代文学的大众化道路会因此受到制约。雅俗之间因为思想的对立而最终导致了形式的不容。从某种意义上说，在现代文学史上，"雅俗对立最后变成了中西对立、新旧对立、现代与传

① 孙犁．陋巷集［M］．济南：山东画报出版社，1999：95.

统对立”，而本来“五四”新文学，是文学总体上的一次通俗运动。左联时期，它推动了文学的大众化，瞿秋白写了很多通俗文学；抗战时期，解放区和国统区的文学通俗化成绩也很可观。但因为雅俗之间观念上的紧张对立，文学的大众化因此而大打折扣。

进入当代文学以来，这种对峙基本上还在延续，但由于文化的普及，读者的欣赏水平也有所提高，使问题的严重程度大大降低了。在文人创作的现代通俗化方向，贾平凹做了新的努力。他不是把文学的大众化看成是单纯的形式问题，而是真正贯彻了大众化意识，从观念到题材、到体裁、到语言、到方法，而这一特点就是我们经常所说的：他的小说具有强烈的平民立场。平民立场与知识分子精英立场恰恰是现代文学当中，许多作家无法做到的一个难题。具体的表现，如前文所述，他注重小说文本的通俗易懂，与世沟通，对民俗文化也极其重视，在语言上大量使用生动鲜活的口语。只可惜，他在《怀念狼》《病相报告》这两部小说中，处理得还不够好。

第二，在现代文学开创的汉语文学基础上，他致力于新汉语写作的实践。他正式提出要进行新汉语写作的口号，是在《怀念狼》的后记当中，但实际上他的新汉语文本实践早已不自觉地走过了许多年。长篇小说作为作家艺术水平的最高代表，贾平凹成熟的新汉语语言风格，应该从《白夜》开始算起。早在贾平凹写《腊月·正月》时，孙犁曾称赞他的语言自然、真诚。但又告诫他，语言是一种艺术，除去自然的素质，还要求修辞。修辞立诚，其目的是自然的语言更能鲜明准确地表现真诚的情感。多年来，贾平凹穿梭于现代汉语和古代汉语之间，尽可能全面、完整地表现出汉语的独特文化内涵，使汉语在文学上的张力得到很好的发挥。

汉语作为世界上独一无二的方块文字，从古人造字始，便与中国人形象思维同在，它不仅是表达思想的工具，还具有本体意义的哲学内涵。中国文化的整体性、模糊性、发散性思维，在语言意义本身的表达上也体现出来，千百年来的“言”“意”之辨，便从一个侧面证明了汉语的多义性、模糊性。我们所谈论的传统文化，确切地说是汉语言文化、古汉语文化。古汉语经过漫长的历史发展过程，成为拥有巨大威力的文化载体，但是像任何事物的发展规律一样，它不可避免地逐渐暴露出其历史惰力。自近代以来，因为附着于汉语言文字上的封建君统、道统思想，阻碍了社会向前发展的脚步，古汉语本体也被作为历史的反动，遭到“五四”新文化运动的彻底革命。由白话发展而来的现代汉语，以凌厉之势迅速成为现代历史以来中国人通用的书面语言。现代汉语与古汉语相比，最大的优势是浅显易懂，但最大的缺点也在这里：因为易懂而过于直白，缺少了一种含蓄蕴藉的美感和回味，中国人几千年来形成的文化心理，却仍然无意识地追求一种含蓄委婉的文化表达，这就必然使现代汉语的表达产生一种遗憾。然而还不止这些，更重要的是，现代汉语的句法，从五四之后逐渐形成了欧化的特点，欧化语言句法的逻辑性和思辨性，的确有极强的说服力，但是它对于文学的艺术表达，对于具有民族传统审美习惯的读者而言显然是不利的。因此，近百年来的现代汉语，在文学语言的使用中，也逐渐暴露了自己的问题。

另外，古汉语和现代汉语都是书面语言，千百年来散落在民间的口语文化也是一笔极其可贵的艺术资源，民间口语蕴藏着一个民族大量的文化信息，这也是需要作家加以整理和提炼的。于是，如何整合古汉语与现代汉语之间的文化优势，整合书面语与口语之间的优势，成了贾平凹在小说创作中极其关注的艺术问题，其富有成效的小说文本说明了他的语言整合还是比较成功的。鉴于前文有颇多相关论述，此处就不再赘言。有人评价说，贾平凹对于中国文学的贡献有两点，一是叙述方式，二是语言的民族化。这种评价，就贾平凹的语言成就而言，还是中肯的。

无论是通俗文学还是正统文学，语言都是第一要素。文学是语言组织而成的，语言不只是文学的第一义的形式，还是衡量、探索作家气质品格的最敏感的工具，是表明作品的现实主义及其伦理道德内容的血脉之音。文学的生命是反映现实。远离现实，不论有多大瞒天过海之功，哗众取宠之术，终不得称为文学。而贾平凹在语言形式上的探索，立足高远，对于现代文学以来关于语言的民族化与现代化的有机融合工作，真正做出了个性化的、有成效的努力。

第三，他继承了鲁迅以来的现代启蒙和现实批判精神，致力于文学改造国民性的文化行动。从历史上看，1840 年的鸦片战争，成为中国现代化的开端，知识与权力开始分化，启蒙意识抬头。1911 年，孙中山发动辛亥革命，第二年中华民国正式成立，知识分子在自由的氛围中展望共和远景；1919 年，“五四”新文化运动爆发，知识分子担当起旧世界埋葬者和新世纪开创者的启蒙使命，并在传统与现代“鱼与熊掌”的艰难选择中，爆发了“全盘西化”与“中体西用”的世纪之争；20 世纪 20 年代末，国民党的统一和内战的爆发，使知识分子处于对国家前途的焦虑和个体命运的沉浮之中；1938 年以后，在抗战的艰苦岁月，知识分子由北向南、由东向西、由城市到乡村的大迁徙，使其在境遇变化中感受到灵魂的洗礼和文化观念的冲突；1949 年，中华人民共和国成立，知识分子开始拥有了前所未有的乐观心态和赶超英美的雄心壮志，一切生存方式和言论方式都纳入意识形态的熔炉重新塑形；20 世纪 50 年代后期的“反右运动”与“大跃进”，又使知识分子在曲折的心路历程中进行“原罪”体认；“文革”期间，知识分子从造神崇拜走向怀疑反思，从历史盲点走向历史反思；1979 年，知识分子开始对真理与实践的思索，发出了思想解放的呐喊，进入了对“文革”伤痕苦难的沉思与对知识禁果的求索时期。20 世纪 80 年代以来的启蒙话语在历时性受五四以来文化启蒙的影响是显而易见。五四以来关于如何反思和改造中国传统文化糟粕所塑造的病态“国民性”问题成为文化启蒙的重中之重，是五四以来新文化运动的中心主题。

对于鲁迅开创的启蒙立场和现实批判传统，贾平凹早在 20 世纪 80 年代初，就有过很切实的追随。其 1980 年的小说创作，如《歌恋》《头发》《提兜女》《窗外一棵白杨树》等都是表现十年文化浩劫给普通人的生活和命运带来的巨大灾难和心灵创伤，表现出主人公不屈不挠的生活态度和斗争精神。《亡夫》则是一篇很独特的作品，它借一位寡妇上坟时的哭诉，深刻地展示了“文革”对人从肉体到精神的摧残，刻画了一个现代“阿 Q”的悲剧性人物形象。对变革中的社会时代心理他也做了及时的描摹，揭示出中国传统文化积习中，趋炎附势、见利忘义、为官腐败、以权易利的不正之风，如《他和她的木耳》《春愁》《雨后》《上任》《夏家老太》《下棋》《病人》《清官》等；到 20 世纪 80 年代中期，“商州”系列小说的启蒙和批判力度之大之深刻，在当时的青年作家当中也是罕见的，特别是《古堡》，它真实可信地表现了民众愚昧的普遍性和深入性。愚昧在象征着封闭落后的中国农村社会里，像笼罩着整个群体使他们昏睡不醒的毒雾。而这种愚昧状态与他们身上的勤劳、忍耐、仁爱等美德深刻地扭结在一起，贾平凹站在新时代的启蒙理性的高度对这种社会现实做了深刻的批判。当下的中国，作家如其他类型的知识分子一样，面临的是前现代、现代、后现代等多元文化语境的混杂交融状态，有着不同的出身和文化背景的作家从各自的现实生活体验与思考路径出发，在传统文化、现代化理论、后现代理论中进行文化的自我选择和定位是必然的。从贾平凹的文学作品看，无论是写乡土叙事还是都市传奇，他更多地在文化传统与现代文明之间徘徊。他以乡土叙事呼应中国乡土社会关于现代性转型问题的质疑与忧虑。如果说，《废都》曾经因为敏感的性描写问题而无意中遮蔽了作者对新时期以来中国知识分子文化启蒙使命的幻灭感，最近出版的长篇小说《秦腔》则再次书写了贾平凹深重的民族忧患意识和启蒙现代性的文化姿态。

第十一章

贾平凹长篇小说创作的局限或可能

第一节 随意与节制

一个作家无论多优秀，都有其创作上的不足或局限，而且往往越具有鲜明风格的作家，其缺点越明显，作品中最具风格的地方恰恰会暴露其创作上的局限。这就是辩证法的规律。作家不可能要写什么就是什么，要写谁就写谁，他在题材和任务的选择都受到限制。小说家的创作是被其生活的社会、经历、生活经验及其性格所决定的。从这个意义来说，对作家的局限性问题的探讨似乎没有更多的必要。然而，从另一个角度而言，我们必须看到的是，一个优秀的文学家被写进文学史，史家并不会因为作家创作的艺术辩证法而给其局限性以任何的谅解和宽容，文学的艺术自律是文学史写作的内在标准，一个作家的不足与局限，正是在文学历史发展的隐在标准之中得到凸显。作家创作上的局限和不足，因为有时代的客观语境对其造成的被动制约，文学历史对作家本人可以不作追究，毕竟作家作为这个无限的生存空间里的有限个体，终究是被动的。但如果这个作家的局限或不足，主要是因为他本人创作上的主观能动性不够，缺乏足够的自省意识，或者即使意识到这种缺乏却不以为然，其必然会成为文学史研究者攻击的对象。

贾平凹的总体创作成就是有目共睹的，作为一个贯穿了新时期文学历史的文学大家，其鲜明的艺术风格所映照出的创作局限，自然成为许多研究者诟病的渊薮，这还不包括像“《废都》现象”引起的文化批评在内。但是一个显在的事实却在提醒我们：与20世纪80年代的文学相比较，90年代以来民族化的艺术写作成为中国作家的主要创作诉求。如何将这种西方化的艺术经验（包括现代精神）中国化，怎样找到一种中国的方式、手法，写出中国人的生活，以顺利进入世界文学的行列，成为作家们共同的创作焦虑。作家们的这种创作焦虑以前也存在，但并没有像现在这样成为一种文坛整体的自觉风气。从莫言的《檀香刑》、雪漠的《大漠祭》、阎连科的《日光流年》《受活》等乡土题材的作品来看最大的共同点就是叙事上的“中国情”和中国风，是作家们的创作自觉，它们顺从了文坛客观发展的动向，将中国文学推向更为成熟的阶段。

由此反观贾平凹自20世纪90年代，甚至80年代以来的创作，便可清晰地看到，他做到艺术创新意识与民族化的写作方式之间较为成功的融合，是当代作家最早、最突出的一个，他始终有朝着民族化写作方向迈进的清醒认识，也在不断尝试艺术上的自我突破。我们说，只要他还在写作，就有可能突破其局限。

在这些前提之下，我们从整体出发探讨贾平凹转型后的创作中存在的问题，就有了历史和现实的双重意义。关于贾平凹在创作上的局限或不足，我们在前面的文本解读中也偶有一些分析，此处我们的重点是从创作本质上进行线性的、深入的整理和探讨。

在这个物欲横流、消费至上的时代，节制是一种美德，对艺术而言尤其如此，它可以彰显一个作家对文化流于平庸和堕落的拒绝姿态，保持对自我精神世界的自足守望。节制更是一种能力，一种在艺术想象、构思和表达过程中自现的能力，是打造艺术精品的必要手段之一。刘勰认为好的文章首在“适体”——如“美锦制衣，修短有度，虽玩其采，不倍领袖”。[①] 即从文体上要求辞藻对内容的节制。

迄今为止，贾平凹中短篇小说的节制能力基本上是无可挑剔的，他的大多数中短篇小说堪称艺术精品，这在其创作转型前后的情形都一样。之前写的《阿吉》《猎人》《饺子馆》《阿尔萨斯》《艺术家韩起祥》《库麦荣》等，从题材、情节、细节到人物等各个创作环节，都充分体现了一个小说大家较为全面的艺术驾驭能力。但是他在转型后写的五部长篇小说，含蓄蕴藉的写作风格固然使作品在整体上不失水准，但每一部作品暴露出的创作漏洞和不足，让他的长篇小说创作受到了一定的影响。表现较为突出的几点是细节雷同、创作情绪有时会失控和性笑话多。

艺术创作的魅力在于创新，因此贾平凹小说中细节雷同的不足自然被人诟病，这方面的例子很多。比如，关于狼会变幻成汽车伤人、害人的细节，先是在《白夜》中出现，后又在《怀念狼》中被使用；而小说在塑造某个带有传奇色彩的老人形象时，

---

① 祖保泉.《文心雕龙》解说［M］. 合肥：安徽教育出版社，1993：625.

总是在这个人物的吃饭方式上显示出他的与众不同，一般人吃饭是饭菜分开盛，而这种老人却是“在饭碗里放了盐，放了醋，放了辣面，放了味精，又放了一勺白糖和一盅白酒搅和起来，呼呼噜噜地吃”。这种细节对帮助读者加深对这个人物的印象确实很有帮助，可问题在于他几乎在每一部长篇都写到这一点。《白夜》中是写再生人的岳丈——一个擅长几近失传的纸扎手艺的老人；《土门》中是用来刻画神秘的云林爷；《高老庄》中则写了蔡老黑的父亲——一个神奇的民间老中医；等等。

他写的关于万物有灵、灵魂相通的议论，在几部小说中也是反复出现，比如，在《土门》中他写道：

> 人是有灵魂的，并且人的灵魂的伟大和渺小与身体无关，身体只是灵魂的存寄处：伟岸的身体里可以寄存渺小的灵魂，丑陋的身体里也可以寄存崇高的灵魂。……天上到处都漂浮着类似这样的灵魂，它们如云一样在汇集，融聚和分散。物以类聚就是这样的。它们慢慢地在空中游走，所经之处，地面上或许有一只蜂将采到的粉带到了另一花蕊上，这花要孕育果子了，灵魂就附下来，这果子就有了灵魂，或许地面上一男一女正交合，灵魂附下来，孕育的人就有了灵魂。所以，灵魂并不全都是人，可以是兽，是草木，飞禽游鱼和石头。

到《怀念狼》里他又写道：

> 是不是当一个人死亡之后，灵魂和躯体就分离开来在空中飘浮？如果能对应的话，在飘浮中遇见一只蜜蜂将一棵草木的花粉掺和于另一棵草木的花粉时，那灵魂就下注，新的草木就产生了，而当这新生的草木最后死亡了，灵魂又飘浮

于空，恰好正碰着一只公猪和一只母猪交配，灵魂又下注，新的猪就产生了。

另外，还有关于妓女的话题，关于美人计与将计就计的细节，关于活吃醉蝎或用油炸蝎子下酒的细节，馒头里面掰出虱子的细节，在他的小说里也是反复出现。另外，作者在长期的艺术思索和写作状态中形成的一些心理定势、在创作上因为一直求快而导致的随意，恐怕是重复现象深层而直接的原因。既然只是有关细节的重复，这里就不存在根本的创作动机问题，也许是贾平凹在生活经验和艺术体验过程中，遇到的一些令他难以忘怀的细节，被他一直锁定在大脑当中，挥之不去，一旦写作时遇到相似情境，他就情不自禁将这种材料拿来使用，因为他认为这有助于表达小说细节上的丰富性，却忘记自己早已使用过。这种创作的心理定势，在《浮躁》发表后就已经有人指出过，比如王蒙认为贾平凹的创作有相当的随意性和游戏成分，王干认为贾平凹有写作癖好，喜欢不停地写，而且写完这件事以后还可能把它再写一次。[①] 贾平凹也许明白自己的创作缺陷，可惜积重难返，一直无法真正将其更正过来。

如果说贾平凹的小说在细节上的雷同主要是心理定势的产物，是作家不自觉的创作行为，他在创作中主观创作情绪常常失控、溢出文本叙事的节制之外，由此给文本造成的损害，可以看出创作主体有些不理智。事实上早在写作“商州”系列时期，他就落下了一个毛病：他喜欢借助人物之口阐释自己的思想观点，这种观点不太符合人物的身份，有时会割裂小说在艺术表现

① 王蒙，王干．王蒙王干对话录［M］．桂林：漓江出版社，1992：139．

上的整体美感。比如，《小月前本》第二章中，门门向小月叙说动物园里男女青年抱着亲嘴的细节，说："怎么是胡说？他们讲，人到了动物园里，人的动物性也就表现得强烈了。"贾平凹硬是借门门之口，将自己知道的、认为是新鲜有趣的观点向读者一吐为快，也就顾不上细思作为农民的门门有没有机会听到这种观点，即使在听到后又会不会使用这种书面语言色彩极强的话来表达。

类似的这种艺术硬伤，在他以后所有的创作中频频出现，这不能不说是一种遗憾。这种情形主要见于与他个人生活经验有较为密切关系的作品中。比如，《白夜》中他写了夜郎与颜铭在宾馆约会之后，特意设计了颜铭在纸上将两人做爱的感受写出来这一情节，然后让夜郎将纸片烧掉，并说道：

> 这样的事是不能写的，写了总会被人看到。人人都干过这事，但不能说破，不能写出，不说不写就是完人、贤人、圣人，说了写了就是庸俗、下流，是可恶的流氓。

明眼人一看就知道，贾平凹这是利用人物之口，表述自己对批评家关于《废都》中写性的大批判的不满，我们联系上下文可知，这些话对于小说情节本身完全是可有可无的，作者特意书写出来，以表明不满。

另外，在虞白与夜郎初次相识时，贾平凹又借虞白之口，秀了一下自己的学问，并顺便将批评家们冷嘲热讽了一通：

> 许多批评家说卡夫卡的提问是多么哲学，其实，卡夫卡是有病了，他患的病恐怕和你们一样，迷糊了！那些批评家——一旦成为批评家，他们就像所有的领导一样，无所不能，无所不通，农业会上讲农业，工业会上讲工业，科技、

税务、建筑、文学、刮宫流产、微机上打字，他们都是内行，要作指示，你还要老老实实地听着，拿笔作记录——他们根本不细读人家的小说，或许要把极复杂的事情搞得极简单，或许要把极简单的事情搞得极复杂，或许仅仅是为了评定职称和获得稿费而又要满足发表欲的文章而已。

这一段话倒没有游离于情节之外，与上下文较为巧妙地衔接起来，但我们仍可看出，这段话本应是用口语来表达，口语对话一般都较简短，但这一段话显然过长了，看起来像书面语，而且中间插进了破折号，引申出一段题外话，这就更体现了书面语的特征。本来这一段情节前后的口语都写得很顺溜，到这里语风却突然一转，其实这正是贾平凹情绪外露的表现。他再次借人物之口，对某些评论家误读他的小说《废都》进行了申辩和嘲讽。

我们在《高老庄》中也发现作者动用自己的生活经验作为创作素材时，他本人较强烈的主观生活情感有时不是经过适当的艺术转换得以进入作品中，而是未加节制地洋溢在作品当中，有些损害了作品的艺术情感表现力。小说中子路的形象是以作者自己的文化身份为原型设计的，子路对前妻菊娃“剪不断、理还乱”的复杂感情，无疑是作者本人真实生活情感的投射。结果，小说在处理这二者人物的关系及其相关情节时，就出现了游离于主题的过多情感叙述和多余的细节，比如，小说中子路在杂货店与菊娃交欢的情节，子路初见王文龙时表现出的莫名的不快，等等，这些都是作者在写作时其主观情感未加节制就进入文本创作所导致的结果。

关于性笑话以及一些与性有关的细节描写在贾平凹小说中的

较多，也给一些研究者对其进行批评留下了口实。[①] 贾平凹的这种写作嗜好，最早见于《废都》。关于这一点，在贾平凹的小说文本中大致分为两种情形。

第一种是为了刻画人物形象、增加小说阅读时的谐趣效果、为烘托故事的现场生活感等创作上的需要而设计的。佛隆认为，“艺术包含着美，就像艺术包含着恐、悲、丑、黄色以及其他因素一样”。[②] 所以写性也是艺术描写的必要。贾平凹从小说的世俗化观念立场出发，笔下写的多是社会闲人或社会底层的百姓，饮食男女之事往往是他们头等关心的大事。比如，《土门》里面写发疯前的眉子，她那位传销摇摆机的男朋友带了一台机子到村子里来，企图通过试用，让全村人都加入传销行列。村里有一个小混混叫高丰，他抢先坐上去。

> 十五分钟后，高丰摇摆结束，他从地上爬起来，大家问他有什么感受（因为有眉子和梅梅两位女人在场——引者），高丰悄悄地说了一句，都噢地叫了，有人说，让我摸摸！高丰猫了腰，……

《高老庄》里面与性有关的情节就更多了。比较典型的例子，是高老庄的吴镇长宴请子路夫妇的饭局上大家轮流说的性笑话，这与《废都》里关于饭局的写作模式是一脉相承的。《怀念狼》里因为有个猪八戒式的人物——烂头，其中性笑话比比皆

① 李建军．私有形态的反文化写作：评《废都》[J]．南方文坛，2003（3）；随意杜撰的反真实写作：再评《废都》[J]．文艺理论与批评，2003（3）；消极写作的典型文本：再评《怀念狼》兼论一种写作模式[J]．南方文坛，2004（4）.

② C.J. 杜卡斯．艺术哲学新论[M]．王柯平，译．北京：光明日报出版社，1988：18.

是。《病相报告》中与性有关的细节也不少，比如写主人公江岚被上司猥亵的情节。但这些基本上是必要的，没有游离于故事本身。

第二种性笑话以及与性有关的描写就出现了游离于情节的情形，反映了贾平凹迎合部分读者的审美趣味和心理。比如，《怀念狼》里有一段关于“姓焦与性交”的插科打诨的细节、傅山和烂头都随身携带了处女经血棉花套子用以避邪的情节，还有好几次描写农村的游狗连裆交配的细节。这种艺术上的不节制，多少降低了艺术作品的品味。

作家作为艺术的创造者，有时的确拥有至高无上的权利：他可以像上帝一样去创造，以他创作出的物的形式来表现自身，表达自我，这实在是无比荣耀的事情。这无形中给许多作家一种幻觉，认为自己可以真的为所欲为，置艺术创作本身的客观限制和自身的规律于不顾。沃尔斯托夫说：“上帝的创造具有不受限制的绝对的自由，但艺术家所面对的却是一个与他的意愿无关的、甚至可能压抑他的现实：审美标准的压抑；艺术和社会条件的压抑；艺术体制的压抑；素材方面的压抑；作品得不到承认他就无法生存下去这一窘迫实际的压抑。”① 这里所说的压抑，实际上就是艺术家对于艺术在表达自我情感时所必须持有的分寸或节制。

事实上，贾平凹并不是没有艺术节制能力，他的创作总体上以含蓄内敛的审美风格取胜就足以说明问题，而在细节描写方面，比如他在写作关于夜郎与颜铭初次做爱时的场面时，是以虚

① 沃尔斯托夫．艺术与宗教［M］．沈建平，等，译．北京：工人出版社，1988：77.

写实，以写神取代写形，通过写小鸟进出鸟巢来比喻两人的做爱，这在细节上既富有动感，又含而不露。这种节制的艺术手笔，与中国人的民族审美心理较为符合，也充分说明了贾平凹完全有能力处理好“随意”这个艺术弊病。

但不幸的是，他从《小月前本》开始就落下了一个毛病：喜欢借助人物之口阐释自己的思想观点。类似的这种艺术上的硬伤，在他以后的创作中频频出现，这不能不说是一种遗憾。当然，所谓瑕不掩瑜，贾平凹在小说艺术创作格局上的重大突破，在主题表现上的与时俱进，在反映生活方面的深广性为他赢得了喝彩声，为他赢得了缓解外界对自己创作压力的宝贵时间。

《浮躁》中的败笔偶尔出现。贾平凹动用自己熟悉的个人生活经验时，犯了创作的另一忌：过渡的主观情感。这使小说的精致之美大打折扣，也为一些评论家批评其随意留下了口实。

第二节 虚境界与真情意

小说的境界问题是贾平凹在近几年强调最多的一个话题。我们在前文中讨论其创作规律和“意象”小说范式的特点时，也有较多涉及，但存有的一个疑问是：长篇小说作为一种世俗化的叙事文体，能不能将整体混沌的意境与混浊的生活故事、鲜明的人物形象天衣无缝地融合在一起？事实上关于这个文学命题，清代的曹雪芹是最成功的探索者。就性灵文学而言，从现代文学到当代文学，作家们与这位文学巨匠相比，确实只能望其项背。沈从文算是现代小说史上的一代大家，他在自己所处的时代做出的艺术努力，已经是极为难得了。到贾平凹这里，我们认为，他本人多年来对文学本质命题的艺术探索，对性灵文学的情有独钟，应该说已经走在文学大境界的路上，他是当代具备铸造文学大境界主要条件的作家之一。

可令人遗憾的是，贾平凹目前仅仅是具备了主要条件，而不是全部条件，所以他还无法跻身于真正的经典作家行列。究其实质我们可发现，与经典大家相比，贾平凹的境界文学观及其创作实践，在内涵上是有偏差的。他所理解的境界，既带有鲜明的个人文化印记，又与时代的文化特点紧密相关。

在20世纪80年代，围绕在文学周围的是三门人文学科：哲学、美学和心理学，作家们对于人的主体精神的关怀，对于个体本质的现代化给予了极大的关注，其对诗意的审美境界的描摹也是一种自发的文学行为，作品所传递的人文主义光辉曾经温暖了一个时代。但是90年代以来，随着中国社会文化结构的全面转型，市场经济操纵下的文化社会，物质高于一切的价值观念仿佛在一夜之间扫遍了社会的各个角落，人开始被限定在日常生活的消费当中，没有主体性可言。由此文学创作被迫做出相应的调整，于是对物欲与感官刺激的描写成为众多作家笔下常见的风景，平面化的、琐碎平庸的生活成为小说创作最理直气壮、最津津有味的描写对象，成为文学市场最受欢迎的读本，揭示人性欲望的深层文化内涵只能在少数作家那里得到眷顾。如果说80年代的主要文学思想倾向，是要把个人从僵化的体制的束缚中解放出来，主要强调人的精神世界的重要性，那么到了90年代，人们开始学会直面经济生活，以及与经济生活联系在一起的政治和文化生活，不再把“人”从具体的政治、经济和文化环境当中超拔出来，[①] 物质消费和娱乐成为时代的新时尚，这导致文学创作视点的不断下降，甚至走向了80年代精神诉求的反面。

---

① 王晓明，蔡翔．美和诗意是如何产生的［J］．当代作家评论，2003（4）．

面对时代和文化形态的巨大变革，贾平凹作为两个时代文学的参与者和见证者，其使创作立于不败之地的法宝，便是特立独行、不轻易为时代的文学思潮所左右，但又能与时代精神一唱一和的品格。他守住文学的性灵阵地，凭借文学的诗意与思想这两只翅膀在文学的天空翱翔。在 80 年代启蒙诉求的高潮中，他的作品因为诗意之美令人赏心悦目，同时又不忘呼应时代进步需要的人文关怀；进入 90 年代之后，在世俗化的文学创作大潮中，贾平凹的“土匪”系列小说引发了文坛土匪题材创作的热潮，而这股不大不小的文学创作思潮，意义非同一般：在商品经济大潮中，如何能既不媚俗又拥有读者，一直是文学创作的难题，但“土匪”小说在当时起到了较好的艺术效果，它至少使文学在新写实小说模式之外多了一道风景，而且这道风景还与中国的文化传统紧密相连，使一部分人对现实失望之后，能发一发怀古之幽情，能远离令人窒息的现实空间。贾平凹本人则由此告别了单纯的诗意，在艺术的境界中混入了粗犷、混浊的因素，他在《废都》之前的创作，收获最大的是艺术技巧上的不断创新，他学会了融东西方叙事艺术于一炉的叙事技巧。从《废都》开始，贾平凹逐渐在艺术的格局和境界上突破自我，他开始写世俗生活，但世俗化的生活在他笔下被赋予了深刻的历史和人文内涵。他以形而下的生活写形而上的哲学境界，以饮食男女和社会现象象征生命和时代的精神困境。这种艺术实践，是贾平凹在借鉴中国文学传统经验的基础上，对时代文化命题的巨大艺术创新，是作者个人对时代的文化哲学思考的智慧结晶，具有极大的艺术前瞻性特点，这必然使它与当时的文化接受程度之间产生巨大的裂隙。从此之后他的创作观念和艺术实践就一直沿着这个方向走了过来。21 世纪初，他将这种认识上升到理论高度，利用各种机会反复强调。

如何在中国的背景下来分析人性的种种缺陷，又能在作品中弥漫中国传统天人合一的浑然之气，意象氤氲，那是我新的兴趣所在。①

在作品的境界上一定要借鉴西方的东西，在行文表现上一定要有中国的作派。为了学习人家，你得读许多历史的、哲学的、宗教方面的书，要研究人性中的东西，要改变对文学的看法。要写出中国的做派，怎样让一般读者接受，又不要落俗。②

如果说贾平凹在20世纪80年代的创作追求意境的成分多一些，作品有偏于空灵、唯美之嫌，那么，从90年代以后一直到当下他强调用境界来替代意境，这说明他已经意识到小说大气、厚重的重要性。他企图以境界写小说，使作品写得混沌、模糊、多义，使故事看似简单而主题决不简单。从理论上说，贾平凹的境界说可谓臻于完美，但事实上，他的小说文本所显示出的境界效果远远没能达成。事实上他小说中的“境界”，已经明显趋于抽象化了（这与故事无关），因为这一时期小说中的精神境界不是来自作家灵魂深处的生命体验，而呈现的是一种虚空的境界，一种缺失了足够的真情意的境界，因而不能完整地传达出艺术的本质内涵：至情、至真、至美。我们虽然在前文讨论过贾平凹在转型后的创作，是“启蒙理性与传统感性之间的裂合”，但它是指一种创作思维以及与创作思维表达过程有关的艺术思想，每一

① 贾平凹．病相报告·后记［M］．上海：上海文艺出版社，2002．

② 贾平凹，谢有顺．无法回避文学史［N］．南方都市报，2003－06－10．

个人的思维都有感性和理性两种方式，贾平凹在艺术思维上的确更侧重于具象的、感性的、直观的一面，但这并不意味着他在艺术境界上就拥有饱满强烈的艺术情感。

艺术本质上是情感的宗教，是一个独立的心灵世界。一个作家在创造心灵世界之前，首先要被自己的心灵景象、被自己的心理经验所驱动。从这个角度说，艺术的创造者应该是一种具有强烈情感能力的人类。虽然创作主体的情感到达小说需要一个漫长的过程，需要理性的帮助，需要艺术技巧的帮助，但对于贾平凹这样的作家而言，创作主体的情感本身是否饱满充盈，却是决定一部作品是否成功的关键之一。情感的充实对于小说，犹如鼓涨的风帆之于航船，风帆有利于船的远行，真挚的艺术情感容易让读者被小说打动。宗白华向来对艺术的意境之美格外执着，但他也认为空灵和充实是艺术的两元，空灵的艺术美感，是在生活经验的充实和情感体验的丰富基础上获得的，只有空灵与充实两方都尽力，艺术才能达到极高的成就，才是艺术心灵的最高境界。我们不能说贾平凹在转型之后的五部小说中没有强烈的艺术情感，比如《白夜》恰恰是他个人生活经历和《废都》遭遇社会性大批判之后的产物，寄托了他深广的忧愤，给读者以强烈的情感冲击。《高老庄》总体呈蕴藉深沉的情感力量还是让这部小说拥有了众多的读者。但不可否认的是，他另外几部长篇小说明确显示其在创作情感趋向上所传达的对人类命运的关切，本质上属于一种精神的、理性的东西，已经稀释了关于生活世界的原初的、感性的经验——那些无法被理性框架归纳的经验，而后者包容的正是打动读者的最基本艺术元素——艺术情感。维柯认为，

“诗人是人类的感官，哲学家是人类的理智”。[1] 诗人要善于从他感受到的情感中对世界进行理解，然后再重建“巴比伦塔”。王安忆强调：“感情对小说是一个隐身人，你看不见它，你找不到它，你只能感觉它，这种感觉是贯穿在整个阅读过程中的，它是一个从感觉到感觉的东西。”[2] 她还曾经批评了那种从小说到小说的情况，认为它的感情是来源于写作者的阅读经历，它把别人的感情打碎了再重新组合，它也可能做得很好，但终是因为缺乏原始的冲动而生命苍白。[3] 由此可见，真挚动人的生命情感的缺席对艺术造成的损害是很大的，这也正是读者阅读贾平凹后几部长篇小说不能真正融入作品的原因之一。

2004 年年初，贾平凹在接受新浪网和《北京晚报》记者提问时，反复强调每个人都要守候自己的灵魂，说《贾平凹语画》（最新出版的一部散文画集）只是他的个人爱好，而画的这些东西完全是为了满足自己灵魂，也是属于自己灵魂的。是的，当我们读着《贾平凹语画》中悠闲自在的文字，听着他从容不迫的声音时，已经强烈感受到他的创作心态，更多地步入了旷达、适意的境界，闲趣在他的文本中抑制不住地涌出来。这才是他真实的灵魂需求，忧患很显然已经不能再占据他的创作灵魂。这种创作态度源自时代给予创造者的眼界，也源自创作者对历史的现代回眸。尤其是近作《山本》，其整个叙事基调都是较为从容的。相比贾平凹其他作品中常见的焦虑和矛盾，这部小说的节奏明显和缓许多。

---

① 维柯．新科学［M］．朱光潜，译．北京：人民文学出版社，1986：152.
② 王安忆．心灵世界［M］．上海：复旦大学出版社，1997：361.
③ 王安忆．心灵世界［M］．上海：复旦大学出版社，1997：360.

毋庸置疑，贾平凹的境界小说观念及其创作实践，还是多有可取之处的，我们在前文大量相关的论述便可证明这一点。但同样毋庸置疑的是，贾平凹在艺术情感上的处理成为其小说艺术境界的软肋。从西方现代艺术的发展规律看，小说的审美形态走向抽象的哲学境界显然方兴未艾。经典的作家们在探索哲理的过程当中，同时对人类怀有博大的悲悯情感，绝不是单纯地为完成有意义的写作，其作品情感和意义之间既是浑融的，又是可分的，读这一类的小说，读者好比享受一顿丰盛的精神圣餐。而中国当代作家向西方经典学习的过程中，择其合理内核加以借鉴和继承是必要的，这是中国文学走向现代化的必由之路。

参考文献

图书类：

贾平凹．贾平凹文集：第 1 至 14 卷［M］．西安：陕西人民出版社，1998.
贾平凹．商州［M］．北京：北京十月文艺出版社，1987.
贾平凹．浮躁［M］．北京：作家出版社，1988.
贾平凹．妊娠［M］．北京：作家出版社，1989.
贾平凹．废都［M］．北京：北京出版社，1993.
贾平凹．白夜［M］．北京：华夏出版社，1995.
贾平凹．土门［M］．沈阳：春风文艺出版社，1996.
贾平凹．高老庄［M］．西安：太白文艺出版社，1998.
贾平凹．怀念狼［M］．北京：作家出版社，2000.
贾平凹．病相报告［M］．上海：上海文艺出版社，2002.
贾平凹．秦腔［M］．北京：作家出版社，2005.

贾平凹．高兴［M］．北京：作家出版社，2007.
贾平凹．古炉［M］．北京：人民文学出版社，2011.
贾平凹．带灯［M］．北京：人民文学出版社，2013.
贾平凹．老生［M］．北京：人民文学出版社，2014.
贾平凹．极花［M］．北京：人民文学出版社，2016.
贾平凹．山本［M］．北京：作家出版社，2018.
贺善侃．当代中国转型期社会形态研究［M］．上海：学林出版社，2003.
费秉勋．贾平凹论［M］．西安：西北大学出版社，1991.
许爱珠．性灵与启蒙：贾平凹评传［M］．北京：团结出版社，2007.
许爱珠．20 世纪中国作家对明清性灵文学的接受［M］．北京：社会科学文献出版社，2016.
李星，孙见喜．贾平凹评传［M］．郑州：郑州大学出版社，2005.
郜元宝，张冉冉．贾平凹研究资料［M］．天津：天津人民出版社，2005.
高亨．老子注释［M］．郑州：河南人民出版社，1980.
黄寿祺，张善文．周易译注［M］．上海：上海古籍出版社，1989.
杨柳桥．庄子译诂［M］．上海：上海古籍出版社，1991.
冯友兰．冯友兰选集［M］．天津：天津人民出版社，1994.
祖保全．文心雕龙解说［M］．合肥：安徽人民出版社，1993.
崔道怡，等．“冰山”理论：对话与潜对话［M］．北京：工人出版社，1986.
丹尼尔·贝尔．资本主义文化矛盾［M］．赵一凡，等，译．北京：生活·读书·新知三联书店，1989.
霍克海姆，阿多尔诺．启蒙辩证法（哲学片断）［M］．洪佩郁，蔺月峰，重庆：重庆出版社，1990.
齐格蒙特·鲍曼．流动的现代性［M］．欧阳景根，译．上海：上海三联书店，2002.
雅克·德里达．书写与差异［M］．张宁，译．北京：生活·读书·新知三联书店，2001.
罗杰·福勒．语言学与小说［M］．於宁，等，译．重庆：重庆出版社，1991.

马斯洛．人的潜能和价值［M］．林方，译．北京：华夏出版社，1987.
彼得罗夫斯基．普通心理学［M］．朱智贤，等，译2020. 北京：人民教育出版社，1981.
A. H. 鲁克．情绪与个性［M］．上海：李师钊，译．上海人民出版社，1987.
C. J. 杜卡斯．艺术哲学新论［M］．王柯平，译．北京：光明日报出版社，1988.
维柯．新科学［M］．朱光潜，译．北京：人民文学出版社，1986.
S. 阿瑞提．创造的秘密［M］．钱岗南，译．沈阳：辽宁人民出版社，1987.
玛丽亚·蒙台梭利．童年的秘密［M］．马荣根，译．北京：人民教育出版社，1990.
列维－布留尔．原始思维［M］．丁由，译．北京：商务印书馆，1981.
舒尔兹．成长心理学［M］．李文湉，译．北京：生活·读书·新知三联书店，1988.
马凌诺斯基．文化论［M］．费孝通，译．北京：华夏出版社，2002.
M. H. 艾布拉姆斯．镜与灯［M］．丽稚牛，等，译．北京：北京大学出版社，2004.
朱光潜．悲剧心理学［M］．北京：人民文学出版社，1983.
宗白华．美学散步［M］．上海：上海人民出版社，1981.
徐复观．中国艺术精神［M］．沈阳：春风文艺出版社，1987.
许祥麟．中国鬼戏［M］．天津：天津教育出版社，1997.
董国炎．荡子·柔情·童心：明代小说思潮［M］．长沙：北岳文艺出版社，1992.
刘魁立．刘魁立民俗学论文集［M］．上海：上海文艺出版社，1998.
张荣明．道佛儒思想与中国传统文化［M］．上海：上海人民出版社，1994.
彭锋．诗可以兴［M］．合肥：安徽教育出版社，2003.
梁一儒．中国人审美心理研究［M］．济南：山东人民出版社，2003.
宁宗一．中国小说学通论［M］．合肥：安徽教育出版社，1995.
吴士余．中国文化与小说思维［M］．上海：上海三联书店，2000.

贺善侃. 当代中国转性期社会形态研究［M］. 上海：学林出版社，2003.
王英志. 性灵派研究［M］. 沈阳：辽宁大学出版社，1998.
刘绍瑾. 庄子与中国美学［M］. 广州：广东高校出版社，1989.
丁帆. 文学的玄览［M］. 北京：北京出版社，1998.
韩林德. 境生象外［M］. 北京：生活·读书·新知三联书店，1995.
叶廷芳. 卡夫卡［M］. 北京：中国社会科学出版社，1998.
米歇尔·福柯. 激进的美学锋芒［M］. 周宪，译. 北京：中国人民大学出版社，2003.
王安忆. 心灵世界［M］. 上海：复旦大学出版社，1997.
周宪. 现代性的张力［M］. 北京：首都师范大学出版社，2001.
许志英，丁帆. 中国新时期小说主潮［M］. 北京：人民文学出版社，2002.
刘小枫. 拯救与逍遥［M］. 上海：上海三联书店，2001.
曹文轩. 20 世纪末中国文学现象研究［M］. 北京：北京大学出版社，2002.
南帆. 理论的紧张［M］. 上海：上海三联书店，2003.
毛峰. 神秘主义诗学［M］. 北京：生活·读书·新知三联书店，1988.
王宾. 后现代在当代中国的命运［M］. 广州：广东人民出版社，1998.

论文类：

赫庆军. 共和国七十年长篇小说概论［J］. 文艺论坛，2020（2）.
丁帆. "新汉语文学" 的尝试：《怀念狼》阅读断想［J］. 小说评论，2001（1）.
丁帆. 动荡年代里知识分子的"文化休克"：从新文学史重构的视角重读《废都》［J］. 文学评论，2014（3）.
贾平凹，王雪瑛. 声音在崖上撞响才回荡于峡谷：关于长篇小说《山本》的对话［J］. 当代作家评论，2018（4）.
陈晓明. "土" 与 "狠" 的美学：论贾平凹叙述历史的方法［J］. 文学评论，2018（6）.
程光炜. 略论 1990 年代长篇小说［J］. 小说评论，2018（5）.

何平．中国最后的农村：《极花》论［J］．文学评论，2016（3）．
李遇春．“说话”与贾平凹的长篇小说文体美学：从《废都》到《带灯》［J］．小说评论，2013（4）．
孙郁．古风里的贾平凹［J］．文艺争鸣，2017（6）．
鲁晓鹏．世纪末《废都》中的文学与知识分子［J］．当代作家评论，2006（3）．
王尧．重评《废都》兼论九十年代知识分子［J］．当代作家评论，2006（3）．
雷达．心灵的挣扎：《废都》辨析［J］．当代作家评论，1993（6）．
贾平凹，谢有顺．贾平凹谢有顺对话录［J］．当代作家评论，2006（5）．
贾平凹．孙犁论［J］．当代作家评论，1993（3）．
李振声．贾平凹与李杭育：比较参证的话题［J］．当代作家评论，1987（3）．
陈骏涛，白烨，王绯．说不尽的废都［J］．当代作家评论，1993（6）．
谢有顺．尊灵魂，叹生命：贾平凹、《秦腔》及其写作伦理［J］．当代作家评论，2005（5）．
贾平凹，王尧．在传统与现代之间的新汉语写作［J］．当代作家评论，2002（6）．
贾平凹，陈泽顺．贾平凹答问录［J］．文学自由谈，1996（1）．
韩毓海．从《废都》到《白夜》［J］．小说评论，1996（1）．
肖云儒．贾平凹长篇系列中的《高老庄》［J］．当代作家评论，1999（2）．
王光东．“刘高兴”的精神与尊严：读贾平凹的《高兴》［J］．扬子江评论，2008（1）．
孟繁华．面对今日中国的关怀与忧患：评贾平凹的长篇小说《土门》［J］．当代作家评论，1997（1）．
贾平凹．文学的大道［J］．文学界，2010（1）．
杨辉．“大文学史观”与贾平凹的评价问题［J］．小说评论，2015（6）．
邹平．转型期文学：对九十年代文学的一种概括［J］．文学评论，1995

（2）.
林建法，李桂玲.《当代作家评论》视阈中的贾平凹［J］. 当代作家评论，2013（3）.
陈众议. 评贾平凹的《带灯》及其他［J］. 当代作家评论，2013（3）.
贾平凹，王尧. 在传统与现代之间的新汉语写作［J］. 当代作家评论，2002（6）.
杨志刚. 对贾平凹九十年代四部长篇小说的整体阅读［J］. 小说评论，1999（4）.
李星. 深度的人文批判：评贾平凹长篇小说《高兴》［J］. 名作欣赏，2008（2）.
李敬泽. 庄之蝶论［J］. 当代作家评论，2009（5）.
许爱珠. 再论“寻根”文学思潮与贾平凹的相互影响及意义［J］. 江西教育学院学报，2004（1）
许爱珠. 走向现代的民族化写作：论贾平凹的小说创作与现代文学的关系［J］. 南方论坛，2007（3）.
许爱珠. 文人的圣贤　性情的历史［J］. 出版广角，2007（11）.
许爱珠. 也说现代文学的起点［J］. 文艺争鸣，2003（6）.
许爱珠. 摸索中的道路［J］. 华文文学，2003（1）.
许爱珠. 鲁迅与陈映真比较论［J］. 南京师大学报，2010（1）.
许爱珠. 民族化的现代小说形式探索［J］. 江汉论坛，2009（3）.
许爱珠. 宗教文化因素对弋阳腔形成与发展的影响［J］. 艺术百家，2017（4）.
许爱珠. 弋阳腔与目连戏的渊源关系［J］. 文化遗产，2017（5）.
许爱珠. 基于文化与旅游深度融合的历史文化名人资源开发［J］. 求实，2013（12）.
许爱珠.《废都》后的贾平凹长篇小说创作心理论［J］. 伊犁师范学院学报，2005（1）.

后 记

屈指算来，这本书距初始写作已经有19年了。那是2001年，我刚考入南京大学中国现当代文学专业，从先师许志英先生攻读博士学位。许先生声誉卓著，治学严谨，对门下学生宽严相济，但不知为何，弟子们都特别怯他。记得我们这一届新生一入学，就被许先生叫到家里，专门跟我们谈博士学位论文选题的问题。当时，他已经早早将选题准备好了，只待学生们前来认领便可。我入学之前，一直从事中国现代文学的教学和研究，本科毕业论文写的是沈从文的《边城》和废名的《桥》的小说比较研究，硕士毕业论文的选题是郁达夫小说研究。我原本想，博士学位论文做中国现代乡土抒情文学方面的研究，因为我很喜欢萧红的小说，已经写了一篇较长的论文《永远的诱惑——中国现代抒情乡土小说的历史考察》。可是，我是那么怯弱，始终没敢张口。结果，贾平凹的长篇小说研究的选题最终落到我这里。我从此在诚惶诚恐中度过了三年的博士学习时光。

但是，塞翁失马焉知非福。我将研究重心转向中国当代文学转向贾平凹研究之时，机会竟然来了。当时广东有家出版机构，想策划出版一套中国当代著名作家的评传丛书，其中有朋友推荐我来写贾平凹，有了这个压力兼动力，我开始加快研究进度，并根据出版社的要求，进行评传书稿的初稿写作。2004年6月，我以博士学位论文《废墟上的裂变——〈废都〉之后的贾平凹论》最终通过了答辩，顺利毕业。但是，我很清楚，由于当代文学研究基础并不是很好，这篇学位论文写得不太理想。毕业之后，那套丛书出版又不是很顺利，我就更灰心了。

转机在2005年出现。我偶然认识了北京团结出版社的王老师，她了解到我手上有一本贾平凹已经授权的评传，非常感兴趣，愿意出版。经过几番折腾，最终《性灵与启蒙——贾平凹评传》一书顺利面世。其中，收录了我和贾平凹的答问原始书信影印件，还有木南先生授权的贾平凹照片。这些都是珍贵的第一手资料。

这期间，我将自己的博士学位论文及其相关的研究成果，先后整理发表了多篇论文。因为专著已经出了，论文也已经发了不少，将博士学位论文独立出版的事情便暂时搁置下来。我以为过几年回头再作无妨，但没想到这一搁，居然就是将近20年，而这期间贾平凹的长篇小说又出版了7部之多，这真是让我汗颜。当然，这些年我所做的研究虽然不是贾平凹，但其实还是有关系的。我主持的省级社科规划课题“明清性灵文学对中国现当代作家的影响研究”最终形成研究专著《20世纪中国作家对明清性灵文学的接受》，并入选“2015年江西省哲学社科成果文库”，获得江西省第17届优秀社会科学成果奖。我主持了国家社会科学基金项目“非遗保护视野中的弋阳腔研究”，去年完成研究，顺利结题。而戏曲研究的兴趣，不能不说是受到贾平凹对秦腔戏曲艺术痴迷的影响。所谓山不转水转，转来转去，我所有的付出其实就是为了更好地走近贾平凹，走近这位最具中国传统文化底蕴的当代文学大家。

如今，我的博士学位论文专著终于可以面世了。我依然诚惶诚恐。先师许先生已经离开我们很多年了。但我相信冥冥之中，他一定还在注视着我们，希望我们能走得更远。我也期待自己，能将贾平凹研究做下去，做好。

在此，衷心感谢我的母亲，她培育了我，永远是我最坚强的后盾！感谢我爱人沈军的大力支持！感谢小女诗妤！一想到我以牺牲她的快乐童年换取的博士攻读机会，心里就觉得亏欠了孩子。不过，一切都过去了，一切都会好起来。

许爱珠

写于华东交通大学孔目湖畔

2020 年 8 月